T0179008

La muerte en sus manos

Ottessa Moshfegh

La muerte en sus manos

Traducción del inglés de Inmaculada C. Pérez Parra

ALFAGUARA

Papel certificado por el Forest Stewardship Council®

Título original: *Death in Her Hands*
Primera edición en castellano: abril de 2021

© 2020, Ottessa Moshfegh
Publicado originalmente por Penguin Press.
Derechos de traducción por acuerdo con MB Agencia Literaria, S. L.
y The Clegg Agency, Inc., Estados Unidos
© 2021, Penguin Random House Grupo Editorial, S. A. U.
Travessera de Gràcia, 47-49. 08021 Barcelona
© 2021, Inmaculada C. Pérez Parra, por la traducción

© Diseño: Penguin Random House Grupo Editorial, inspirado en un diseño original de Enric Satué

Printed in Spain – Impreso en España

ISBN: 978-84-204-5606-5
Depósito legal: B-756-2021

Compuesto en Arca Edinet, S. L.
Impreso en Unigraf, Móstoles (Madrid)

AL 56065

Uno

Se llamaba Magda. Nadie sabrá nunca quién la mató. No fui yo. Este es su cadáver.

Pero no había cadáver. Ni mancha de sangre. Ni maraña de pelos enganchada a las ásperas ramas caídas, ni bufanda de lana roja húmeda de rocío festoneando los arbustos. Solo había una nota en el suelo, crujiendo con el suave viento de mayo a mis pies. Me tropecé con ella en mi paseo al amanecer por el bosque de abedules con mi perro, Charlie.

Había descubierto aquel sendero la primavera anterior, justo después de que Charlie y yo nos hubiésemos mudado a Levant. Lo habíamos estado pisando toda la primavera, el verano y el otoño, pero lo abandonamos en invierno. Los finos árboles blancos eran casi invisibles contra la nieve. En las mañanas nebulosas, los abedules desaparecían por completo en la neblina. Desde que empezó el deshielo, Charlie me había estado despertando todas las mañanas al amanecer. Cruzábamos el camino de tierra y recorríamos con dificultad la leve subida y bajada de una colina pequeña, e íbamos tejiendo nuestro camino a través de los abedules. Aquella mañana, cuando encontré la nota colocada en el sendero, nos habíamos adentrado más o menos un kilómetro y medio en el bosque.

Charlie no aminoró ni inclinó la cabeza y ni siquiera bajó la nariz al suelo para olisquearla. Me pareció muy raro que la ignorase sin más; mi Charlie, que una vez rompió la correa y cruzó corriendo la autopista para recoger un pájaro muerto, así de fuerte fue su instinto de dar con el cadáver. No, no se paró a mirar la nota dos veces. Estaba sujeta con unas piedrecitas negras sobre el suelo, puestas con cuidado en el margen superior de la página y a lo largo del inferior. Me agaché para volver a leerla. Bajo mis manos, la tierra estaba casi tibia, unas adormideras de color pálido asomaban por aquí y por allí en los terrones negros, el sol empezaba a brillar con tonos del plateado al amarillo.

Se llamaba Magda.

Era una broma, pensé, una travesura, una treta. Alguien jugando a algo. Aquella fue mi primera impresión. ¿No es encantador ver ahora cómo llegué a la conclusión más inofensiva? ¿Que después de tantos años, a los setenta y dos, mi imaginación siguiese siendo tan ingenua? La experiencia debería de haberme enseñado que la primera impresión suele ser engañosa. Arrodillada en la tierra, sopesé los detalles: el papel era una hoja de rayas de un cuaderno con espiral, el borde perforado estaba cortado limpiamente, sin trozos descuidados por donde la habían arrancado; letra de imprenta pequeña, cuidadosa, escrita con bolígrafo azul. Era difícil descifrar algo a partir de la caligrafía, lo que parecía deliberado. Era el tipo de letra pulcro, impersonal, que se usa para hacer un cartel para una venta de objetos usados o para rellenar la ficha del dentista. Sensato, pensé. Listo. Quien quiera que hubiese escrito la nota entendía que al enmascarar sus peculiaridades invocaba autoridad. No hay nada tan imponente como el anonimato. Pero las palabras mismas, cuando las pronuncié en voz alta, parecían ocurrentes, cualidad rara en Levant, donde la mayoría era gente anodina de clase trabajadora. Volví a leer la nota y casi solté una risita con el penúltimo renglón: *No fui yo*. Por supuesto que no.

Si no era una broma, la nota podría haber sido el principio de una historia descartada como un comienzo en falso, una mala apertura. Entendía la vacilación. Es una forma más bien oscura, condenatoria, de empezar una historia: el dictamen de un misterio cuya investigación es fútil. *Nadie sabrá nunca quién la mató*. La historia se ha terminado justo al empezar. ¿Era la futilidad un tema que valiese la pena explorar? La nota desde luego no prometía un final feliz.

Este es su cadáver. Seguramente había más cosas que decir. ¿Dónde *estaba* Magda? ¿Tan difícil era inventarse una descripción del cadáver enredado en la maleza bajo un árbol caído, la cara medio hundida en la tierra blanda y oscura, atado de pies y manos a la espalda, la sangre de las heridas de las puñaladas goteando sobre el suelo? ¿Cómo de difícil era imaginarse un pequeño medallón dorado destellando entre las hojas empapadas de abedul, la cadena rota y estrellada entre las digitarias nuevas, tiernas? El medallón podía contener fotos de una niña pequeña mellada en un lado —Magda a los cinco años— y un hombre con una gorra militar en el otro, su padre, suponía. O quizá «atada de pies y manos» sería un poco demasiado fuerte. Quizá «heridas de las puñaladas» era demasiado gráfico, demasiado pronto. Quizá el asesino le pusiera las manos a la espalda simplemente para que no sobresalieran de debajo de las ramas podridas y no llamasen la atención. La piel pálida de las manos de Magda destacaría contra el suelo oscuro, como el papel blanco en el camino, me imaginé. Parecía mejor empezar con descripciones más suaves. Podía escribir el libro yo misma si tuviese disciplina, si creyese que alguien lo iba a leer.

Cuando me levanté, un dolor terrible en la cabeza y en los ojos decoloró y atrofió mi pensamiento, lo que me suele pasar cuando me incorporo con mucha rapidez. Siempre tuve mal la circulación, la tensión baja, «el corazón débil», como decía mi marido. O quizá tenía hambre. Tengo que tener cuidado, me dije. Un día podría desmayarme en un mal sitio y darme un golpe en la cabeza o provocar un accidente con el coche. Ese sería mi final. No tenía a nadie que cuidase de mí si caía enferma. Me moriría en algún hospital rural barato y a Charlie lo sacrificarían en la perrera.

Charlie, como si pudiese sentir mi mareo, se puso a mi lado y me lamió la mano. Al hacer eso, pisó la nota. Oí arrugarse el papel. Era una pena que aquella hoja prística estuviese manchada con la huella de una pata, pero no lo reprendí. Le rasqué con los dedos la cabeza sedosa.

Quizá estaba siendo demasiado imaginativa, pensé, mientras volvía a examinar la nota. Me imaginaba a un chaval de instituto vagando por el bosque, ideando alguna escena sangrienta divertida, escribiendo aquellas primeras líneas, después perdiendo fuelle, descartando la historia por otra que le pareció más fácil de sacarse de la manga: la de un calcetín perdido, una pelea en el campo de fútbol, un hombre que se va a pescar, besar a una chica detrás del garaje. ¿Qué falta le hacían Magda y su misterio a un adolescente de Levant? Magda. No se trataba de una Jenny o de una Sally o Mary o Sue. Magda era nombre para un personaje con sustancia, con un pasado misterioso. ¿Y quién querría leer algo así aquí, en Levant? Los únicos libros que había en la tienda de segunda mano de beneficencia eran sobre cómo hacer punto y sobre la Segunda Guerra Mundial.

—Magda. Es rara —dirían.

—No me gustaría que Jenny o Sally anduviesen por ahí con una chica como Magda. ¿Quién sabe con qué clase de valores la han educado?

—Magda. ¿Qué clase de nombre es ese? ¿De inmigrante? ¿Está en otro idioma?

No me extrañaba que hubiese desechado a Magda tan rápido. Su situación era demasiado compleja, con demasiados matices para que la entendiese un chaval joven. Hacía falta una mente sabia para hacerle verdadera justicia a la historia de Magda. Es difícil encarar la muerte, al fin y al cabo. «Sáltatelo», me imagino que diría el chaval, descartando los primeros renglones. Y así renunciaba a Magda y todo su potencial. No había señales de negligencia ni de frustración, sin embargo, nada revisado ni reescrito. Al contrario, los renglones eran impolutos y uniformes. No había nada garabateado. No habían arrugado el papel, ni siquiera lo habían doblado. Y aquellas piedrecitas...

—¿Magda? —dije en voz alta sin saber muy bien por qué.

A Charlie no pareció importarle. Estaba ocupado persiguiendo entre los árboles los dientes de león que empujaba el viento. Paseé unos cuantos minutos arriba y abajo por el camino, examiné la tierra buscando algo que pareciese fuera de lugar, luego fui dando giros cada vez más estrechos por la zona de alrededor. Esperaba encontrar otra nota, otra pista. Le silbaba a Charlie cada vez que se alejaba demasiado. No había ningún nuevo camino extraño a través de los árboles que yo viese, pero, claro, mis propias vueltas lo habían liado todo y me confundían. De todas formas, no había nada. No encontré nada. Ni siquiera una colilla o una lata de refresco aplastada.

En Monlith teníamos una televisión. Había visto muchos programas de crimen y misterio. Me podía imaginar dos canales gemelos grabados en el polvo por los tacones del cadáver al ser arrastrado. O una impresión en el suelo donde había estado tumbado, con la hierba apelmazada, los plantones tiernos doblados, una seta aplastada. Y luego, por supuesto, tierra negra fresca cubriendo una tumba nueva y poco profunda. Pero el suelo del bosque de abedules estaba inalterado, hasta donde yo sabía. Todo estaba como la mañana anterior, por lo menos en aquella pequeña zona. Se tardarían días, semanas, en cubrir el bosque entero. Pobre Magda, donde quiera que estuviese, pensé, mientras daba despacio la vuelta por si me había perdido algo que asomara, un zapato, una hebilla de plástico. La nota en el camino parecía indicar que estaba cerca, ¿no? ¿No era la nota una lápida más que una historia inventada? «Aquí yace Magda», parecía decir. ¿Para qué sirve una nota así, como una etiqueta, un título, si la cosa a la que se refiere no está cerca de ella? O en ninguna parte, si vamos al caso. Sabía que el terreno era un bien público, así que cualquiera podía atravesarlo.

Levant no era un sitio especialmente bonito. No había puentes cubiertos ni mansiones coloniales, ni museos o edificios históricos, pero la naturaleza de Levant era lo bastante bonita como para distinguirlo de Bethsmane, el municipio vecino. Estábamos a dos horas de la costa. Un gran río atravesaba Bethsmane y había oído que la gente subía navegando desde Maconsett en verano, así que el mundo exterior no ignoraba la zona por completo. Aun así, no era ningún tipo de destino. No había vistas en Bethsmane. La calle principal estaba clausurada. Había sido una ciudad industrial con aceras de ladrillo y almacenes antiguos que, si hubiesen seguido existiendo, habrían formado una encantadora ciudad antigua. Pero no quedaban fantasmas ni nada romántico. Bethsmane ahora era solo un centro comercial, una bolera y un bar con neones deslumbrantes, una oficina de correos minúscula que cerraba todos los días a mediodía, unos cuantos restaurantes de comida rápida al salir de la autopista. En Levant ni siquiera teníamos oficina de correos, tampoco es que mandase o recibiese muchas cartas. Había una gasolinera con una tiendita en la que vendían cebo y cosas esenciales, comida enlatada, caramelos, cerveza barata. No tenía ni idea de lo que hacían los pocos residentes de Levant para divertirse, aparte de beber o ir a jugar a los bolos a Bethsmane. No me parecía el tipo de gente que diese paseos para ver el paisaje. Entonces, ¿quién se había metido en mi amado bosque de abedules y había sentido la necesidad de complicarme las cosas con una nota sobre un cadáver?

—¿Charlie? —grité, cuando volví a meterme en el camino.

Regresé andando hasta donde estaba la nota, que seguía ondeando suavemente con el viento cálido. Por un momento pareció que estuviese de alguna manera viva, que fuese una criatura extraña y frágil lastrada por las piedras negras, luchando por liberarse, como una mariposa o un pájaro con el ala rota. Igual que debía de haberse sentido Magda, me imaginé, a manos de quien la había matado. ¿Quién habría hecho algo así? *No fui yo,* insistía la nota. Y por primera vez aquella mañana, como si se me acabase de ocurrir asustarme, un escalofrío me recorrió los huesos. *Se llamaba Magda.* De pronto me pareció muy siniestro. Parecía muy real.

¿Dónde estaba el perro? Mientras esperaba a que Charlie volviese a mí saltando a través de los abedules, me dio la sensación de que no debía levantar mucho la mirada, que podía haber alguien observándome desde arriba, desde los árboles. Un loco entre las ramas. Un fantasma. Un dios. O la misma Magda. Un zombi hambriento. Un alma del purgatorio buscando un cuerpo vivo para poseerlo. Cuando oí a Charlie galopando entre los árboles, me atreví a levantar la vista. No había nadie, por supuesto. «Sé razonable», me dije, preparándome para el dolor de cabeza que esperaba que el valor pudiese evitar, mientras me arrodillaba para recoger las piedrecitas negras. Me las metí en el bolsillo del abrigo y recogí la nota.

Si hubiese estado sola en el bosque, sin el perro, ¿habría sido tan atrevida? Podría haber dejado la nota allí en el camino y haber salido corriendo hasta casa para conducir hasta la comisaría de Bethsmane.

—Ha habido un asesinato —podría haber dicho. Qué cosa absurda describiría—: He encontrado una nota en el bosque. Una mujer llamada Magda. No, no he visto el cuerpo, solo la nota. La he dejado allí, claro. Pero dice que la han matado. No quería alterar la escena. Magda. Sí, Magda. No sé su apellido. No, no la conozco. No he conocido a ninguna Magda en toda mi vida. Solo he encontrado una nota, ahora mismo. Por favor, dense prisa. Ay, por favor, vayan ahora mismo.

Habría parecido una histérica. No era bueno para mi salud que me alterase tanto. Walter siempre me decía que cuando me ponía nerviosa se me tensaba mucho el corazón. «Zona de peligro», decía, e insistía en meterme en la cama y apagar las luces, correr las cortinas si era de día. «Es mejor acostarse y descansar hasta que se pase el ataque.» Era verdad que, cuando me daba ansiedad, me costaba mantener la cabeza despejada. Me volvía torpe. Me mareaba.

Solo con andar hasta casa, a la cabaña, con aquella ansiedad, podría haberme tropezado y caído. Podría haberme roto un brazo o la cadera al rodar por la pequeña colina que iba del bosque de abedules a la carretera. Alguien podría pasar con el coche y verme, una señora mayor cubierta de polvo, temblando de miedo por qué, ¿por un trozo de papel? Habría agitado los brazos.

—¡Pare! ¡Ha habido un asesinato! ¡Magda está muerta!

Menuda conmoción podría haber provocado. Qué vergüenza habría sido.

Pero con Charlie cerca estaba calmada. Nadie podía decir que no hubiese estado calmada. Había estado viviendo bien todo el año en Levant, tranquila y satisfecha y contenta con mi decisión de haber dado un paso tan drástico y mudarme a tantos miles de kilómetros de Monlith, a la otra punta del país. Estaba orgullosa de haber tenido las agallas de vender la casa, empaquetar e irme. A decir verdad, seguiría allí en aquella vieja casa si no hubiese sido por Charlie. No habría tenido el valor de mudarme. Era reconfortante tener un animal, siempre cerca y dependiente, en el que concentrarse, al que alimentar. Solo que hubiese otro corazón latiendo en el cuarto, una energía viva, me alegraba. No me había dado cuenta de lo sola que había estado, y entonces, de pronto, no estaba sola en absoluto. Tenía un perro. No volvería a estar sola nunca, pensé. Qué regalo tener un compañero así, como un niño y un protector, las dos cosas, algo más sabio que yo en muchos aspectos y aun así complaciente, leal y afectuoso.

La vez que peor me había sentido desde que tenía a Charlie fue aquel día en Monlith con el pájaro muerto. Charlie no se había soltado nunca de la correa, salvo en el parque canino cercado de Lithgate Greens, y al verlo salir corriendo así para cruzar la autopista sentí que lo perdía para siempre. Entonces llevábamos juntos solo unos meses y seguía sin encontrar el equilibrio como dueña, seguía siendo un poco tímida, vacilante, insegura, se podía decir. Allí quieta, me preocupaba que el vínculo que había entre nosotros no fuese lo bastante fuerte como para impedirle ir tras una vida mejor, explorar nuevos horizontes, ser más un perro de lo que podía serlo conmigo. Al fin y al cabo, yo era humana. ¿No era limitada? ¿No era un aburrimiento? Pero entonces pensaba: ¿Qué vida podía ser mejor que la vida que yo le ofrecía? ¿Correr libre por las colinas de Monlith, perseguir urogallos? Se lo comerían los coyotes. Y de todas maneras, no era esa clase de perro. Lo habían criado para prestar servicio, para traer, cobrar y volver siempre. Me pregunté, mientras lo miraba desaparecer por la autopista, qué podría haber hecho para que estuviese más cómodo, para que se sintiese más importante, más querido, más lo que fuese. ¿No estaba contento? ¿No estaba mimado? Podría haber cocinado para él, pensé. Las mujeres del parque canino habían hablado de «la toxicidad del pienso para perros de marca conocida». Ay, siempre se podían hacer más cosas para hacer feliz a una criatura. Tendría que haberle preparado huesos jugosos con tuétano, pensé, y debería haberlo dejado dormir conmigo en la cama. Hacía demasiado frío en la cocina de aquella vieja casa de Monlith, a pesar de la camita y de la manta de lana peluda. Lo había arropado con aquella manta y lo habría tenido en brazos como a un bebé recién nacido aquella primera noche en la vieja casa llena de corrientes de aire. Había llorado y llorado y lo tranquilicé y le prometí:

—Nada malo te pasará nunca. No lo permitiré. Te quiero muchísimo. Te lo prometo, ahora estás a salvo aquí conmigo, para siempre.

Y unos meses después —¡qué rápido había crecido!— lo saqué de paseo y tiró y se soltó. Aquella mañana en Monlith la correa se rompió y Charlie se fue, aplastando la delgada capa de nieve colina abajo y por encima de la autopista.

Parece que fue ayer, pensé entonces, más de un año después, yendo con la nota a casa por entre los abedules en Levant, mientras el corazón me latía muy fuerte. ¿Qué habría hecho sin Charlie? ¿Cuánto me había faltado para perderlo aquel día en Monlith? Corrí tras él, claro, pero no conseguí pasar por encima del afilado guardarraíl metálico que él había saltado sin ningún esfuerzo. Incluso a aquella hora tan temprana en la que solo pasaban despacio por el hielo uno o dos coches, me pareció muy peligroso poner un pie en el asfalto de la autopista. Nunca he sido de saltarme las normas. No era por sentido del deber cívico ni por orgullo o certeza moral, sino por la forma en que me habían educado. De hecho, la única vez que me habían regañado había sido en la guardería. Me salí de la fila de camino a la sala de música y la maestra levantó la voz:

—Vesta, ¿dónde vas? ¿Te crees tan especial como para vagar por ahí sola como una reina?

Nunca me lo perdoné. Y a mi madre le entusiasmaba la disciplina. Nunca me pegaron o refrenaron, pero siempre había orden y, cuando me comportaba como si no lo hubiese, me corregían.

Y, de todas formas, me podría haber resbalado en el hielo. Me podría haber atropellado un coche. ¿Habría valido la pena el riesgo? Ah, sí, la habría valido, la habría valido, de otra manera habría perdido a mi querido y dulce perro. Pero no podía moverme, estaba atascada allí tras el guardarraíl observando la cola de Charlie contoneándose y alejándose. Desapareció terraplén abajo, al otro lado de la autopista, donde había una ciénaga congelada. Estaba demasiado asustada para gritar o cerrar los ojos o respirar siquiera. Cuando intenté silbar, la boca no me respondía. Era como una pesadilla, cuando viene a por ti el hombre del hacha y quieres gritar pero no puedes. Lo único que podía hacer era agitar la mano con mis guantecitos rojos ante los pocos coches que pasaban, como una tonta, con las lágrimas perlándome el rabillo de los ojos tanto por el viento frío como por el terror.

Pero entonces volvió Charlie. Volvió corriendo a toda velocidad atravesando el hielo, pillando un trecho de completa calma en la autopista, gracias al cielo. Llevaba el pájaro muerto —una alondra— sujeta suavemente entre las garras y la dejó a mis pies y se sentó junto a ella.

—Buen chico —dije, avergonzada por mis emociones desbordadas hasta delante de mi propio perro.

Me sequé las lágrimas y lo abracé y le sostuve el cuello entre mis brazos y le besé la cabeza. Su aliento en el frío era como una máquina de vapor, el corazón le retumbaba. Ay, cuánto lo quería. La cantidad de vida que resonaba en aquella cosa peluda me dejaba estupefacta.

A partir de entonces, le enseñé a Charlie a recoger palos y pelotas de tenis amarillo fluorescente que se ponían marrones y empapadas de saliva, luego grises, y agrietadas rodaban bajo el asiento delantero del coche, donde me olvidaba de ellas.

—Es un *retriever,* una combinación bastarda de labrador y *weimaraner* —me había dicho el veterinario de Monlith.

Aquella mañana de la alondra fue, quizá, un día significativo para Charlie. Descubrió su propósito innato, algún instinto salió a flote. Pero ¿para qué podría yo querer aquel pájaro muerto? No lo había matado a tiros, nadie lo había hecho. Era raro que Charlie se sintiera impelido a cobrar la alondra. Así es el instinto. No es siempre razonable y nos suele llevar por caminos peligrosos.

Silbé, y Charlie vino con un trozo rojo desmigajado de madera podrida asomando a través de su suave boca. Le puse la correa.

—Por si acaso —le dije.

Me echó una mirada quejumbrosa, pero no tiró. No aparté los ojos del camino de vuelta a casa; con una mano sujetaba la correa de Charlie, la otra la llevaba metida en el abrigo con la nota agarrada para mantenerla a salvo, me decía.

No fui yo.

¿Quién era aquel *yo*?, me pregunté. Parecía improbable que una mujer abandonase un cadáver en el bosque, así que me dio la impresión de que podía suponer que el autor de la nota, aquel *yo,* aquel personaje, el *yo* de la historia, debía de ser un hombre. Parecía muy seguro de sí mismo. *Nadie sabrá nunca quién la mató.* ¿Y cómo podía saberlo él? ¿Y por qué se molestaría en decirlo? ¿Era algún tipo de provocación machuna? «Sé algo que tú no sabes». Los hombres podían ser así. Pero ¿era un asesinato la ocasión adecuada para ser así de fanfarrón? Magda estaba muerta. No era asunto de risa. *Nadie sabrá nunca quién la mató.* Qué manera tan tonta de desviar sospechas. Qué arrogante pensar que la gente es así de crédula. Yo no lo era. No todos somos idiotas. No todos somos borregos, ovejas, tontos, como decía Walter siempre que era todo el mundo. Si alguien sabía quién había matado a Magda, era el *yo*. ¿Dónde estaba Magda ahora? Estaba claro que *yo* había estado con su cadáver mientras escribía la nota. Y entonces, ¿qué había pasado con ella? ¿Quién había huido con su cuerpo? ¿Había sido el asesino? ¿Había vuelto el asesino por Magda después de que él, *yo*, lo que fuese, hubiese escrito y dejado aquella nota?

Sentía que la nota era *mía*. Y era mía. Ahora la poseía, intenté no arrugarla con el calor de mi pesado chaquetón acolchado.

Necesitaba un nombre para aquel *yo*, el autor de la nota. Al principio pensé que necesitaba un nombre solo como marcador, algo que no tuviese personalidad como para que no describiese el *yo* con demasiado detalle, un nombre como la caligrafía de imprenta anónima. Era importante tener mentalidad abierta. *Yo* podía ser cualquiera, pero se podía deducir algo del bolígrafo serio y juvenil, de la escritura precisa, de la extraña no admisión, del anonimato de *yo*. En blanco. El nombre de mi marido, Walter, era uno de mis nombres favoritos. Charlie era un buen nombre para un perro, pensé. Cuando nos sentíamos regios, lo llamaba Charles. A veces parecía regio, con las orejas levantadas y los ojos bajos, como un rey en su trono. Pero tenía demasiado buen carácter para ser majestuoso de verdad. No era un perro esnob. No era un caniche o un *setter* o un *spaniel*. Quería una raza varonil y cuando fui a la perrera de Monlith, ahí estaba.

—Abandonado —me dijeron—. Lo descubrimos hace dos meses en una bolsa de lona negra en la ribera del río. No tenía ni tres semanas. Es el único de la camada que sobrevivió.

Dediqué un minuto a reconstruir aquella historia. ¡Qué horror! Y luego, ¡qué milagro! A partir de entonces, me imaginaba que había sido yo la que se había encontrado la bolsa de lona negra en el fango, bajo el puente donde se estrecha el río, y que había sido yo la que había abierto la bolsa y encontrado un montón de cachorros acurrucados y drogados color pasa de los que solo uno respiraba, y aquel era el mío. Charlie. ¿Os podéis imaginar abandonar a unas criaturitas tan adorables?

—¿Quién haría algo así?

—Son malos tiempos —me dijo la mujer.

Rellené los impresos que hacían falta, pagué cien dólares por el reconocimiento médico y las vacunas y firmé la promesa de castrar a Charlie, lo que no he hecho. Tampoco les dije que me iba a mudar al este, todo el camino hasta Levant siete estados más allá, pocos meses después. Las perreras necesitan garantías. Quieren tener por escrito que la persona cuidará del animal y lo criará de la manera adecuada. Prometí no maltratarlo ni cruzarlo ni dejarlo correr suelto por las calles, como si una firma, un simple garabato en el papel, pudiese decidir su destino. No quería castrar a mi perro, me parecía inhumano, pero puse mi firma en el contrato mientras se me aceleraba el corazón, uno de los pocos engaños que he perpetrado a sabiendas, sonrojándome, temblando solo con la idea de que me descubriesen. «¿Qué clase de persona no castra a su chucho? Qué clase de perverso...» Qué ingenuo, en realidad, pensar que una mera firma sea tan vinculante. Es solo un poco de tinta sobre papel, solo un garabato, mi nombre. No podían perseguirme, arrastrarme de vuelta a Monlith solo por hacer así con un bolígrafo.

Así que sí que me fui. Después del funeral de Walter desmonté la casa de Monlith, me despedí del lugar y de todo lo que me había hecho sufrir. Qué alivio fue salir de allí, con la casa vendida y una casa nueva lista y esperándome en Levant. En las fotos era mi casa soñada: una cabaña rústica en un lago. La tierra necesitaba trabajo. Había algunos árboles pudriéndose, maleza, etcétera. La compré por casi nada, sin haberla visto. El sitio llevaba seis años embargado. Son tiempos difíciles, en efecto. Y allá fuimos. Intentaba no pensar mucho en la casa de Monlith, en lo que estarían haciendo dentro los nuevos dueños, en cómo habría resistido el invierno el porche. Y en lo que estarían diciendo mis vecinos. «Se largó sin más, como un ladrón en mitad de la noche.» No obstante, no era verdad. Yo lo sabía. Era una buena mujer. Me merecía un poco de paz, al fin.

Pensé un rato más en un nombre para aquel *yo*. Al final, me decidí por Blake. Era la clase de nombre que los padres les ponían a sus hijos en estos tiempos. En ese sentido, tenía un toque pretencioso. Blake, como el chaval rubio desgreñado del patinete, el chaval que se come el helado directamente del envase, el chaval con la pistola de agua. Blake, limpia tu cuarto. Blake, no llegues tarde a cenar. Con esas asociaciones, el nombre era taimado y un poco tonto, el tipo de chaval que escribiría *No he sido yo*.

Qué extraño, qué extraño lo que hace la mente. Mi mente, la de Charlie, a veces me preguntaba qué era la mente, en realidad. Casi no tenía sentido que fuese algo contenido en el cerebro. ¿Cómo podía yo, solo con pensar que tenía frío en los pies, estar pidiéndole a Charlie que desplazara el mentón para tapármelos, cosa que hacía? ¿No teníamos el mismo parecer en esos momentos? ¿Y si hubiese una mente que compartía con la de Charlie y otra aparte que me guardaba para mí? ¿Cuál de las mentes estaba funcionando ahora, pensando en la nota, imaginando, debatiendo y recordando cosas mientras paseábamos por el sendero a través de los abedules? A veces sentía que mi mente era solo una suave nube de aire que me rodeaba, que asimilaba cualquier cosa que llegase volando, le daba vueltas y después la devolvía al éter. Walter siempre decía que yo era así como mágica, una soñadora, su palomita. Walter y yo habíamos compartido mente, por supuesto. Las parejas terminan haciendo eso. Creo que tiene algo que ver con compartir cama. La mente, sin ataduras durante el sueño, se eleva y se escapa bailando, a veces por parejas. Las cosas van y vienen en los sueños. Ahora, cuando soñaba con Walter, volvía a ser joven. Seguía siendo joven en mi mente. A veces, todavía esperaba que apareciese por la puerta con un ramo de rosas, trayendo consigo el aroma dulce de sus puros, sus manos tan tiernas y fuertes sobre el celofán que crujía.

—Para ti, paloma mía —decía.

Y si no rosas, entonces un libro que le parecía que me gustaría. O un disco nuevo, o un melocotón o una pera perfecta. Echaba de menos sus regalos atentos, pequeñas sorpresas que sacaba del bolsillo de su sobretodo.

Supongo que mi cabaña de Levant era el último regalo que me hacía Walter. Usé el dinero del seguro para comprarla y mudarme. Lo que saqué de la venta de la casa de Monlith me daría de comer hasta que muriese. Y también tenía dinero ahorrado. Walter había planeado bien su jubilación. Siempre andaba escatimando y ahorrando, lo que volvía más preciosos los regalitos que me hacía. Las rosas eran caras, al fin y al cabo.

—Me han costado un ojo de la cara —decía—. He vuelto a casa lisiado.

A él mi cabaña le habría parecido vulgar y pequeña. Le gustaban los espacios grandes y bien abiertos. Le encantaba Monlith, las llanuras, las colinas de rocas metálicas, el río helado. Echaba de menos a Walter. La casa enorme terminó siendo descabellada sin él. Cuando apareció la cabaña en Levant, fue un alivio. Sentía que necesitaba esconderme un poco. Mi mente necesitaba un mundo más pequeño por el que vagar.

Volví a pensar en la alondra muerta de Monlith. Tenía el vientre amarillo, precioso, como una joya contra la gravilla blanca y helada. Un regalo. Raro, raro. ¿Había creído Charlie que me animaría? La dejé allí donde la había depositado Charlie y lo agarré por el collar y me encaminé a casa; me distendí el hombro, pero no había otra manera, la correa estaba destrozada. Después de aquello, leí libros sobre cómo adiestrarlo. Entre embalar las cosas de la casa y firmar más papeles y demás, Charlie y yo conectamos y le enseñé a obedecerme. Se amoldó a mí y yo a él. Así es como se fusionaron nuestras mentes. Los libros me confirmaron que un perro no debería dormir nunca con su dueño. Al principio acatamos esa regla, pero cuando vinimos al este en coche y nos quedamos en esos moteles junto a las carreteras por el camino, trepó a la cama y no pude detenerlo. Me preocupaba que la mudanza lo traumatizase. Un poco de consuelo nos hizo mucho bien a los dos. La carretera es un sitio muy solitario. En Levant solíamos dormir juntos, Charlie hasta se acurrucaba bajo las mantas conmigo cuando hacía frío. Pero en verano se quedaba a los pies de la cama o fuera de ella directamente, tirado en la sombra fresca de la mesa del comedor de abajo. Ahora iba mejor con la correa, aunque la usaba rara vez. La llevaba conmigo cuando salíamos de paseo, por si nos encontrábamos con algún animal salvaje y Charlie sentía la inclinación de atacarlo. Sabía que, si quería, podía ser violento, si alguien me atacaba, si pasaba algo malo. Aquello también era reconfortante. Charlie, mi guardaespaldas. Si había algún loco al acecho, el asesino de Magda, quien fuese, Charlie atacaría. Su cabeza solo me llegaba a medio muslo, pero era bastante majestuoso, tenía los hombros anchos, treinta y cinco kilos de músculo y delicado pelo pardo claro. Lo había visto rechinar los dientes y gruñir solo una vez, a una serpiente de cascabel en Monlith. Costaba muchísimo sacarlo de quicio. Oí que había osos en los alrededores de Levant, pero no me lo creí. Había visto zorros muertos en la carretera, conejos también, mapaches, comadrejas. Al amanecer, aparte de los pájaros y de pequeños roedores, las únicas almas que había eran los adorables ciervos cola blanca. Se escondían tras los árboles, inmóviles cuando pasábamos Charlie y yo. Por respeto, intentaba no mirarlos a los ojos y adiestré a Charlie para que los dejase tranquilos. Debe de ser bonito pensar que te puedes hacer invisible solo con quedarte quieto. Eran ciervos preciosos, algunos grandes como caballos. Qué vida tan bonita deben de tener, pensaba yo. El bosque estaba tan tranquilo que a veces los escuchaba respirar.

Me figuré que Blake debía de haber pasado por allí en las últimas veinticuatro horas, porque Charlie y yo habíamos estado allí la mañana antes y no había nada, ninguna nota. Mientras volvíamos a casa, no vi huellas extrañas, ni fleco blanco o papel picado del borde arrancado del cuaderno con espiral de Blake. Hacía ya un año entero que estaba en Levant y me parecía que aquel bosque nos pertenecía a Charlie y a mí. Quizá más que el asesinato de Magda, me empezó a molestar que hubiese otra persona por allí, en mi bosque, tocando mis piedras, caminando por el sendero que yo había estado usando y ensanchando a través de los abedules. Una invasión. Era como volver tarde a casa, acostarte y darte cuenta al despertar de que en algún momento de la noche había estado alguien en tu cocina, comiéndose tu comida, leyendo tus libros, limpiándose la boca con tus servilletas de tela, mirándose la cara desconocida en el espejo de tu baño. Me imaginaba la furia y el miedo que sentiría al descubrir que había dejado la mantequilla en la encimera, una corteza de pan, por no hablar de una navaja sangrienta en el fregadero, un cuchillo que se había usado y lavado y colocado en el escurridor para que se secara. *Nadie sabrá nunca...* Una persona se podía volver loca si le pasaba algo así. Es posible que no volvieras a sentirte nunca a salvo en tu propia casa. Imagina todas las preguntas que te harías y no podrías preguntarle a nadie más que a ti misma. El intruso podía seguir en la casa. Dios mío, podía estar agachado detrás de la puerta de la cocina y ahí estarías tú, en calcetines y albornoz, ansiosa por el cuchillo destellando en el escurridor. ¿Lo habías usado para cortar cebollas? ¿Te habías olvidado de que habías bajado a prepararte un tentempié en mitad de la noche, habías dejado el cuchillo fuera, etcétera? ¿Seguías soñando? ¿Estaba yo soñando?

No, no. Aquello era real. Allí estaba Charlie, allí estaba el suelo, el aire, los árboles, el cielo arriba, los adorables brotes verdes de las hojas temblando en las ramas, siguiendo adelante hacia la vida, pasase lo que pasase. Conocía aquellos bosques. Conocía mi cabaña, el lago, los pinos, la carretera. Era la única persona que caminaba por el bosque de abedules a diario. Los vecinos estaban lo bastante lejos para tener su propio bosque de abedules, sus propios senderos. ¿Y por qué vendría nadie hasta aquí arriba solo para andar por mi sendero? ¿Por qué habría venido Blake si no era

26

por mí? No había error. La nota era una carta. ¿Quién si no yo la habría encontrado? Me habían elegido. Bien podría haberla dirigido a mí. «Querida Vesta: te he estado observando...»

¿Me estaba observando Blake incluso entonces, mientras me daba prisa por salir del bosque? Me imaginaba a un adolescente quitándose la blancuzca máscara infantil que escondía su desviación. ¿Sacaría algún extraño placer de verme así de asustada? ¿Estaría confundiéndome de alguna forma la mente, sembrando aquellos pensamientos, figuraciones y razonamientos? «Querida Vesta: sé dónde vives.» Supongamos que el bosque no había sido mío en absoluto. Supongamos que había sido yo la invasora y Blake, obligado a actuar al fin, me había mandado el mensaje para espantarme, para arruinar mi mundo y quedárselo para él solo. Discutí mentalmente las posibilidades. Mientras andaba, volví a sacar la nota para leerla. *Se llamaba Magda.* Eso seguía siendo verdad.

El sol ya estaba en lo alto cuando cruzamos el lindero del bosque. El día que quedaba por delante era luminoso y claro. No había nubes oscuras, amenazantes, ni olor penetrante a tormenta en el fresco aire primaveral. No había razón para estar tensa, nada tras de mí ni necesidad de correr. Conque había encontrado una nota. ¿Y qué? No podía hacerme daño. Magda, si había sido una amenaza, estaba muerta y desaparecida. Y Blake aseguraba, al menos, que él no era el asesino. Allí estaba, negro sobre blanco: *No fui yo.* Podía elegir creérmelo. No había nada que temer. No era más que un trozo de papel, palabras en una hoja. Era una tontería involucrarse tanto, estúpido incluso. *Estúpido.*

Bajamos por la colina y cruzamos la carretera y subimos por el camino de gravilla hasta la cabaña. En la puerta, dejé caer la correa y le limpié a Charlie las pezuñas con un trapo, como hacía siempre, mientras sostenía la nota entre los labios metidos para dentro para no mojar el papel. Charlie me miraba, molesto pero imperturbable. Por supuesto: si había algo que temer, el pelo de la nuca de Charlie habría estado de punta, una cresta afilada que indicaba el peligro, la amenaza de la muerte. Le acaricié las orejas aterciopeladas. Entramos.

Todavía estaba oscuro y hacía frío en la cocina, que estaba orientada al oeste y daba al camino de gravilla y al jardincito. Hacía poco que había empezado a cultivar la tierra del claro que había justo fuera de las ventanas de la cocina. Quería plantar flores, quizá tomates, calabazas, zanahorias. Nunca antes había tenido un huerto. La tierra de Monlith era demasiado seca. No habría crecido nada en aquella tierra dura y roja. Pero Levant, que era verde y bonito, me inspiró a traer algo a la vida. Me quedé delante del fregadero y miré por la ventana, imaginándome cómo crecería mi huerto. Al otro lado de la tierra rastrillada, había unas cuerdas de crin largas y delgadas y podridas colgando de una de las gruesas ramas del gran sicomoro que había en el terreno. Eran vestigios de un columpio, suponía, de cuando el sitio había sido un campamento de verano para chicas *scouts*. Habían derribado el varadero, pero mi cabaña, la estructura principal donde las chicas aprendían a hacer manualidades y comían, había resistido. En el suelo había encontrado horquillas oxidadas, dedales, clavijas, agujas de hacer punto rotas, tijeras pequeñas apropiadas para manos de niñas en la tierra, incrustadas entre las larvas y las lombrices. Aquellos pequeños artefactos debían de tener veinte o treinta años, quizá más. Aparte del sicomoro y unos cuantos tocones astillados de robles podridos, los árboles de mi terreno eran todos pinos altos, casi todos pinos blancos americanos. Había sacado un libro de la biblioteca y quise estudiar la flora local, pero era demasiado científico, demasiado técnico, no tenía bastantes fotos para mantenerme interesada. No tenía sensibilidad para la ciencia. Walter y su mente racional habían agotado mi paciencia para ese tipo de ocupaciones mentales. Desde que había muerto, mi pensamiento se había vuelto más poético. Demasiada magia se había visto frustrada por su fría lógica.

Si el bosque de abedules que había al otro lado de la carretera estaba bien para los paseos al amanecer, mis viejos pinos eran más para la medianoche. Encerrado bajo la oscura copa de ramas gruesas, el sonido quedaba atenuado por la acogedora alfombra de agujas de pino secas bajo los pies. El espacio que formaban los pinos era como un decorado de interiores, como mi cuarto de estar, un sitio en el que podías sentarte a leer y escuchar discos. Un vaso con *bourbon,* un jersey de lana calentito, una lámpara de escritorio con la pantalla de cristal verde, una repisa de chimenea oscura... Son cosas que habrían quedado bien ahí. Sin embargo, no me adentraba mucho en el pinar. Dos veces me había aventurado más de medio kilómetro, y las dos me quedé sin aliento. Había algo a lo que era alérgica, algún hongo o espora, supuse. Aquellas arboledas espesas de pinos me mantendrían a salvo, pensé; el aire venenoso obligaría a retirarse a cualquier zascandil, pero ahora que habían asesinado a Magda no estaba tan segura.

Vino Charlie y me restregó la cara por la rodilla, como si sintiese mi ansiedad... Dulce criatura. ¿Necesitaría una pistola? ¿Un sistema de alarma? Desde que me había mudado, había dejado siempre la puerta sin pestillo. No tenía nada que le interesara robar a nadie, de todas formas, pero entonces sentí que los pinares podrían en realidad convocar el peligro. Si había un buen sitio para esconderse, era en la espesura entre esos árboles. Ahí es donde estaba el asesino, me imaginé, agachado entre las sombras, esperando el momento para volver a atacar. Se me hizo un nudo en la garganta. Me desafié a mí misma a darme la vuelta, a mirar los pinos por encima del hombro a través de la ventana de la cocina, pero no pude. Podía haber alguien allí, me imaginé a Blake con unos pantalones cortos de gimnasia enormes y una camiseta salpicada de sangre, un adolescente flacucho con una expresión atónita, poseída, en la cara. Sostuve la nota entre las manos. *Se llamaba Magda.* Después la doblé con insolencia y la metí bajo una pila de correo que había en la mesa junto a la puerta. No la toques. Venga, Vesta, me dije, seguirá ahí luego, si te aburres. Ya te has imaginado bastante para una sola mañana. No te busques problemas. Sigue con tu día.

Encendí la luz del techo, me quité las botas y colgué el abrigo, mientras Charlie lloriqueaba a mis pies, pidiendo el desayuno.

—Ya lo sé, ya lo sé.

Todo seguía donde lo había dejado en la cocina. La lata de café bocabajo en la encimera para recordarme que tenía que comprar más. Los platos limpios en el estante, un plato, una taza, el montón desordenado de cubiertos habitual, ningún cuchillo de carnicero. La radio estaba encendida, como siempre cuando salía de casa. Era una costumbre que tenía desde hacía tiempo. Cuando estábamos recién casados y éramos jóvenes y pobres todavía —Walter trabajaba como un esclavo en su tesis, yo de secretaria en una oficina de facturación de servicios médicos—, vivíamos en un apartamento en la ciudad y poníamos la radio para amortiguar los ruidos de los vecinos que atravesaban las paredes. A Walter le parecía prudente dejarla puesta cuando salíamos de noche para ahuyentar a los ladrones. Me reconfortaba volver a casa y que hubiese música puesta o las noticias. «Bienvenidos», decían los locutores. Y si alguna vez dejaba a Charlie solo en casa, me gustaba saber que no estaba ahí en medio de un silencio deprimente sino manteniéndose al tanto de la cultura y la actualidad o escuchando a Bach o a Verdi o música celta. «Si acaban de sintonizar el programa...» Aunque rara vez dejaba a Charlie solo en Levant. Éramos uña y carne, como se suele decir. «Esto acaba de salir...»

Calenté un estofado de pollo con arroz en una olla en el fuego y se lo serví a Charlie en su cuenco, puesto en el suelo de la cocina. Lo había estado alimentando con sobras desde que nos habíamos mudado a Levant. En consecuencia, cocinaba solo cosas que nos gustaban a los dos, sobre todo en invierno: guisos, asados, boniatos, salsa de carne. Con su régimen de comida casera, Charlie estaba más tranquilo, le brillaban más los ojos, toda su presencia era más nítida. Sabía que agradecía mis guisos. Eran las cosas sencillas que hacía con gusto: alimentar a mi perro. Por las ventanas del cuarto de estar, miré el agua, apacible y pálida a la luz del sol matutino. Mi botecito de remos seguía amarrado al muelle. Todavía no lo había sacado hasta la isla que había en mitad del lago aquella primavera. Los remos estaban ahí mismo en el cuarto de estar, apoyados contra la pared. Durante el verano, me había enorgullecido mucho remar y mirar la tierra, todo mi terreno. Era mío. Era la propietaria de aquel precioso trozo del planeta Tierra. Me pertenecía solo a mí. Y la isla con su extraño promontorio y rocas peligrosas, unos cuantos pinos solitarios, un arbusto de arándanos y un claro lo bastante grande para extender una manta, todo eso también me pertenecía. Me reconfortaba muchísimo la propiedad. Nadie podría interferir nunca. La escritura estaba solo a mi nombre, las cinco hectáreas. No lo había visto todo por mi alergia a los pinos.

La responsabilidad de mantener la propiedad había sido al principio abrumadora, pero me las había arreglado bien. Todavía tenía que llamar a alguien para que quitase el muelle. Estaba hundido por un lado, inservible. Había conseguido arrastrarlo fuera del agua atando los escalones metálicos al parachoques trasero del coche con un cordel, pero se había dado la vuelta y la madera, blanda y vieja, se había agrietado por algunos sitios. Lo había tapado con una lona, pero la nieve lo había estropeado más, estaba todo combado y astillado. De todas formas, no usaba el muelle. Normalmente, entraba en el agua y me metía así en el bote.

Charlie lamió su cuenco de agua. Yo recalenté en el fuego el café que había sobrado y tenía en el frigorífico.

—Qué mañanita hemos tenido, ¿no? —dije—. Una pequeña historia de terror. Así nos corre la sangre, ¿verdad?

Charlie, al oír mi entusiasmo, vino trotando hasta mí, arañando con las garras el suelo de madera. Me arrodillé, se sostuvo en los cuartos traseros y me puso las patas delanteras en los hombros.

—Ah, ¿quieres bailar?

Le sostuve las patas entre las manos, las almohadillas suaves y rosas, y lo llevé de acá para allá por la cocina. No era lo que más le gustaba, pero se lo tomaba con mucha deportividad. Cuando le solté las patas, me dio un cabezazo contra el muslo, una especie de puntuación, y volvió a su cuenco de agua. Saqué el café y un *bagel* del frigorífico y fui a sentarme en el desayunador, desde donde podía mirar el agua. Guardaba allí un bloc y un bolígrafo para planear cada día.

Los *bagels* que tomaba cada mañana para desayunar eran del supermercado y venían ya cortados en un paquete de media docena. No eran especialmente sanos (harina blanca, llenos de conservantes) ni tampoco estaban muy ricos. Estaban correosos y secos y dulces como no deberían ser los *bagels,* pero me gustaban de todas maneras. No había comprado tostadora, me pareció un lujo innecesario cuando tenía un horno en perfecto estado. Pero ¿quién quiere calentar un horno entero por un solo mal *bagel*? No importaba, me los comía fríos, uno cada mañana, de martes a domingo. Los lunes por la mañana, cuando me había quedado sin *bagels,* iba en coche hasta Bethsmane y me tomaba un dónut y un café en la panadería, y hacía la compra de la semana en el supermercado. Aprovechaba la ocasión para deambular por el pueblo, fingiendo estar ocupada, aunque no tenía ningún propósito verdadero. Eso parecía ser la vida, encontrar cosas que hacer para pasar el tiempo. Sabía que cuanto menos mirase el reloj, más disfrutaría del día. A veces pasaba por la biblioteca de Bethsmane, la oficina de correos, la ferretería. Aparte de aquellas escapadas de los lunes por la mañana, rara vez iba al pueblo. Cada día era como el anterior, salvo por el número menguante de *bagels* y las variaciones del clima. Me gustaban las tormentas que iban y venían volando en primavera. El año anterior, había pasado muchos días lluviosos en casa, fascinada por las turbulencias del lago, las salpicaduras del agua cayendo sobre el tejado y las ventanas. Aquellos días, mi lista de cosas que hacer era corta: leer, siesta, comer. El bloc que usaba para planificar mis días era de tamaño A4, las páginas eran mucho más largas que la hoja que había usado Blake para escribir la nota. Pero eso no importa, me dije. Cada día escribía lo que iba a hacer y cada día, por lo general, abandonaba mis planes a medio camino.

Paseo.
Desayuno.
Jardín.
Almuerzo.
Barca.
Hamaca.
Vino.
Rompecabezas.
Baño.
Cena.
Leer.
Cama.

No tenía televisión para distraerme. Ver la televisión siempre me había provocado ansiedad. Walter decía que me ponía de mal humor. Tenía razón. No podía concentrarme nunca ni disfrutar de las cosas porque sentía siempre que tenía una idea mejor de lo que veía en la pantalla y ocupaba con eso la mente, y me ponía nerviosa y tenía que ponerme de pie y andar por ahí. Sentía que desperdiciaba mi vida sentada y mirando la versión menor de la pantalla. Leer era distinto, por supuesto. Me gustaban los libros. Los libros estaban callados. No me gritaban a la cara ni se ofendían si los abandonaba. Si no me gustaba lo que leía, podía tirar el libro al otro lado del cuarto. Podía quemarlo en la chimenea. Podía arrancar las páginas y usarlas para sonarme la nariz, o en el baño. Nunca hice nada de eso, claro; la mayoría de los libros que leía eran de la biblioteca. Cuando no me gustaba algo, cerraba el libro sin más y lo dejaba en la mesa junto a la puerta, con el lomo mirando a la pared para no tener que verlo otra vez. Era muy satisfactorio meter a la fuerza un libro malo por la ranura de las devoluciones y escucharlo hacer ¡plaf! contra los otros libros del cesto, al otro lado del escritorio de la bibliotecaria.

—Me lo puede dar a mí si quiere —decía la bibliotecaria.

Ah, no, me gustaba meterlo a la fuerza, me hacía sentir poderosa.

—Ay, perdóneme, no la había visto —susurraba yo.

La antigua biblioteca de Bethsmane era un pequeño edificio de ladrillos con todos los libros nuevos en estantes giratorios, como te los podías encontrar en Woolworth. Había una sala de lectura muy bonita que daba a un claro. Había una placa que proclamaba que un congresista que se había criado en el pueblo había donado una suma enorme. A un lado de la sala de lectura había una mesa muy grande con una fila de ordenadores caros. Normalmente había gente joven usándolos. Los grandes sillones de piel solían estar vacíos. A la gente de la zona no le gustaba mucho leer. Solía elegir los libros por las cubiertas y los títulos. Si un libro tenía un título que sonaba demasiado general, demasiado amplio, me imaginaba que estaba escrito con generalidades y por eso me parecía aburrido y anticipaba que me pondría a divagar muchísimo. Los peores libros eran los que daban instrucciones banales para crecer como persona. A veces los miraba, solo para reírme de sus tonterías: «Come esto y sé feliz». Es la clave habitual. A veces buscaba libros de los que había escuchado críticas en la radio pública. Era difícil separar las opiniones de la crítica de las mías. Y, de hecho, era más fácil disfrutar del libro si tenía la impresión de que ya había tomado la decisión de que me gustase. No tenía que debatirme tanto, aunque el libro no fuese tan interesante.

Mientras me comía el *bagel* frío y me tomaba el café aquella mañana en la mesa junto a las ventanas que daban al lago de mi cabaña, pasé a limpio mi plan para aquel día. Era el mismo plan de todos los días precedentes. Volvía a escribirlo cada día, después de tachar el mismo plan idéntico que había escrito el día antes. Todos los ayeres eran fracasos. No quería sentirme burlada por la evidencia. Seguía adelante. Había trabajo que hacer en el huerto. Tenía semillas preparadas para plantarlas: zanahorias, nabos, eneldo y coles a un lado, girasoles y nomeolvides al otro. No sería el huerto más bonito, pero la única que lo iba a ver era yo. Para mí era un experimento, algo para mantenerme con los pies en la tierra cuando empezase el verano. Hacía un año que era la dueña de aquella tierra y hasta ahora no había empezado a meterle mano. Me hacía feliz y me sentía útil. Había mucho más que cavar, muchas más malas hierbas que quitar, fertilizante que echar, y podía poner la radio en el alféizar de la ventana del cuarto de estar y escucharla mientras trabajaba y Charlie retozaba entre los pinos o chapoteaba en el lago. Con este plan en mente, me terminé el café, puse los platos en el fregadero y me volví a atar las botas. Allí, en la mesa junto a la puerta, estaba el correo y la nota de Blake que había encontrado en el bosque de abedules. *Se llamaba Magda.* Abrí la ventana del cuarto de estar y subí la radio. *Este es su cadáver.*

—Charlie —dije—, vamos a tomar el aire.

No era como si me hubiese olvidado de la nota. Allí estaba, escribiéndose una y otra vez en mi pensamiento mientras me tomaba el desayuno e intentaba pensar en otras cosas. Me las había arreglado para conjurar cualquier idea nueva sobre ella en ese rato, pero al estar cerca otra vez, ni siquiera mirándola directamente, solo con mirar los sobres y papeles debajo de los que la había escondido, sentí que se me hinchaba el corazón y me volvía a palpitar. Ay, Magda. Descansa en paz, le dije mentalmente. ¿Qué más puedes hacer por una muerta salvo desearle lo mejor? ¿Qué más se podía esperar de mí en aquella situación? La nota no era ninguna convocatoria ni proposición. Era una nota de reconocimiento, no una invitación. Aun así, dejaba mucho sin explicar. *Nadie lo sabrá...* Cuánta seguridad. *Nadie sabrá nunca...* Era rara su certeza. Entonces se me ocurrió que podía haber algo en la nota, algo más de lo que parecía a simple vista. Quizá debía leer entre líneas. *Se llamaba Magda.*

Charlie me lamió la mano e interrumpió mi ensimismamiento cada vez más tenebroso. Fuera brillaba el sol. El jardín me llamaba. No, no tenía que volver a leer la nota. Podía seguir con mi vida. Lo haría. Tenía que hacerlo. Me puse el sombrero para el sol, me anudé las cuerdas de nailon en la garganta. De todas formas, ¿quién era yo para hacer preguntas? No era más que una ancianita, esperando en paz lo que me quedaba de vida sin molestar a nadie y responsable de nadie salvo de mí misma y de mi perro.

—Vamos —dije.

Charlie salió corriendo en cuanto abrí la puerta. Lo miré mientras correteaba por el camino de gravilla y bajaba la ligera pendiente hacia el lago. Pateó la tierra mojada y salpicó un poco en la orilla. Hacía demasiado frío todavía para que yo fuera a nadar, pero Charlie era inmune al frío. Incluso en invierno, cuando el termostato de la ventana de la cocina estaba en números negativos, retozaba en la nieve hasta que se le ponían las patas y la barriga en carne viva; entonces volvía resoplando y jadeando y se acurrucaba en la alfombra delante de la chimenea. Era tan entrañable. Era tan humano a veces, cuando me miraba con exasperación y bostezaba como lo haría Walter cuando me quedaba intranquila después de cenar, como diciendo: «Ven a relajarte aquí conmigo en el sofá, deja que mi cuerpo te calme, todo irá bien». Oía a Charlie brincar por ahí mientras trabajaba en el huerto. Desaparecía por ahí mucho rato de parranda, perseguía ardillas por la espesura entre los pinos, volvía hasta a mí de vez en cuando a por un beso y una pequeña caricia, por mi bien, al parecer. No me necesitaba. Ahora que era primavera, se pasaba casi todo el tiempo fuera. Tenía que engatusarlo con golosinas y silbidos cuando quería disfrutar de su compañía durante el día. No me preocupaba que fuese a huir. Para entonces sabía que era mío. No había praderas más verdes. Vendría cada vez que lo llamase. Era como un adolescente, confiado e inocente, que exploraba su mundo como si fuese su propietario. Su espíritu era alegre y despreocupado. Me parecía que se había olvidado de su antiguo trauma con sus hermanos en la bolsa de lona, aquellas pobres criaturitas. Y qué bien hacía saber que uno se podía olvidar de esas cosas. Somos resilientes. Sufrimos, sanamos y seguimos. Seguir, seguir, me decía a mí misma, mientras agarraba la pala.

La tierra estaba fría y arenosa. Aunque no había aprendido mucho sobre plantar y cuidar ni dar vida a casi nada, sentía que mi trabajo en el huerto era productivo: esparcir semillas y cubrirlas, rastrillar la tierra intacta, examinar con cuidado los terrones, etcétera.

Aparte de la recomendación semanal de libros de la radio pública, la radio de Levant era todo sermones cristianos, música pop o rock and roll oscuro que ponían en la emisora de la universidad pública de unos pueblos más allá. A altas horas de la noche, si no me podía dormir, escuchaba el programa cristiano de llamadas en directo. La gente hacía preguntas sobre las Escrituras y a veces pedía consejo sobre cómo manejar alguna situación difícil de sus vidas de manera cristiana. Me fascinaba que gente desconocida le confiase al «padre Jimmy» asuntos tan graves, que no tuviese reparos para airear sus trapos sucios a las ondas de radio. Algunos hasta daban su apellido y el pueblo en el que vivían.

—Soy Patricia Fisher de New Ashford.

—Me llamo Reynold Owens y vivo aquí en Goshen Hills.

—Sí, hola. Soy Lacey Gardner, llamo desde Amity. Creo que conoce a mi marido.

—Señora Gardner, hola. ¿Cómo está Kenneth? ¿Qué tal va su salud?

Quizá alguna noche escuchase la llamada de Blake.

—No me conoces —diría—, pero tengo un problema. Es Magda. Está muerta. Nadie sabrá nunca...

—Magda, qué nombre más raro —diría el pastor Jimmy.

Mi nombre también era raro. Toda mi vida me habían preguntado: «¿Qué clase de nombre es Vesta Gul?».

—Vesta es un antiguo nombre familiar. La madre de mi madre —les decía yo—. A veces me llaman Vi. Mis amigos. Y Gul era el apellido de mi marido. Significa «rosa» en turco, aunque él era de Alemania.

—¿Por eso tienes ese acento? ¿Es acento alemán? —me preguntó la mujer del banco de Bethsmane.

Walter sí tenía acento alemán, pero yo no tenía ninguno... Me había criado en Horseneck. Era una persona normal. Era como todo el mundo. Si tenía algún acento, era el acento de no tener acento. La mayoría

39

de los de Levant hablaban con un deje rural, a veces tan cerrado que casi no podía analizar los acordes de las conversaciones que oía de vez en cuando en el pueblo o en la gasolinera en la que llenaba el depósito una vez al mes. Los trayectos de los lunes por la mañana hasta el pueblo me ponían en contacto con unos cuantos dependientes, con las cajeras del supermercado, con el viejito amable de la panadería.

—¿Con o sin glaseado hoy? —me preguntaba.

«Sin, por favor» y «sí» y «gracias» era lo único que tenía que decir. En la biblioteca era fácil estar callada. Un asentir con la cabeza, una sonrisa. Con quien hablaba era con Charlie y la mayor parte del tiempo que estábamos juntos estábamos en silencio, compartiendo sin más el espacio mental que había entre nosotros, recordando cosas.

Se llamaba Magda. Magda sonaba raro, gomoso, como *magma* o *magna.* Espeso y untuoso y rebelde. O *magnum,* una palabra que para mí evocaba una pistola humeante o una caja de profilácticos, cosas en las que nunca pensaba. *Se llamaba Magda.* Magda era un diminutivo, conjeturé. Blake debía de conocerla bien. ¿Por qué si no se sentiría impelido a acompañar su cadáver? Debía de quererla. Pero no la había querido lo suficiente para armar un gran escándalo por su muerte. El único escándalo que había montado Blake había sido para mí...

Me quité los guantes de jardinería y rasgué el paquete de semillas de nomeolvides. Eran sorprendentemente grandes, del tamaño de garrapatas, con forma de gota de agua pero granulosas, como abrojos. Cogí un pellizco entre los dedos y las dejé caer en un agujero que había cavado en la tierra con el dedo. Me parecía increíble que aquellas cosas minúsculas fuesen a florecer algún día como florecitas azules, según decía el paquete. La etiqueta decía solo que crecían en suelos normales, necesitaban pocos cuidados y tardaban una semana o dos en germinar. ¿Cuánto tardarían las flores en florecer?, me pregunté. ¿Podía esperar tanto tiempo? Me imaginé las dos semanas siguientes, esperando ansiosa a que brotasen del suelo los tallitos verdes. Podría volverme loca sentada allí mirando. Me las arreglaría de alguna forma. Pensaría en algo que me mantuviese ocupada. Me recorrió una oleada de impaciencia. Aquella sensación era nueva. De alguna manera. Se me había escapado todo el invierno. Había caído en una especie de tierra de ensueño mientras el mundo se había congelado y empequeñecido, los días eran tan cortos que se desvanecían en cuanto preparaba el café. Mi mente se había vuelto misteriosamente gris y pacífica, como si hubiese estado hibernando de noviembre hasta abril, pero ahora los días eran cada vez más largos. Amanecía más temprano, anochecía más tarde. Había más tiempo para estar levantada y viva. Una marea de pasión subía. Antes de que muriese Walter, tomé pastillas para calmarme los nervios, pero cuando murió me pareció irrespetuoso intentar anestesiar la pena, así que las tiré por el inodoro. Por un momento, en el jardín, me arrepentí de aquello. Lorazepam se llamaban. Si quisiera tomar alguna, tendría que ir a rogarle a algún médico de Bethsmane. Os podéis imaginar cómo me miraría. No, no podría soportar esa clase de humillación. Haría frente a mis nervios yo sola.

Terminé de plantar las semillas, cubrí todos mis tesoros enterrados con una fina capa de mantillo y usé la manguera para rociar una fina llovizna sobre mi pequeño huerto. No era el lugar ideal para tener un huerto, ya lo sabía. Mejor fuera de las ventanas del cuarto de estar o en la parte exterior del estrecho patio que daba al norte, al cobertizo. El verano siguiente trazaría una estrategia. Sería más lista entonces, pensé. Por ahora, estaba contenta con haber cumplido con lo que me había propuesto. Metí las herramientas en el cubo de plástico rojo y tiré al pinar una piedra que había desenterrado para no tropezarme con ella. Charlie, al ver mi gesto desde lejos, subió galopando desde el lago con ganas de jugar.

Le tiré un palo, que remontó por el aire y derrapó en lo profundo de los pinos. Charlie fue tras él, diestro, a un ritmo respetable. Estaba lo bastante tranquilo y contento como para no ponerse histérico. Sabía que era solo un palo, al fin y al cabo, y no un rifle de caza disparándole a algún urogallo o liebre o marta. No había un cuerpo ensangrentado dando tumbos por el sotobosque que cobrar y entregar. Se tomó su tiempo. En el rato que estuve allí sola, esperando a que Charlie volviese brincando con el palo entre los dientes, me arrasó una ráfaga fría cuando una nube cubrió el sol, y temblé y sentí una pequeña melancolía, y mi mente vagó una vez más hasta Walter. Era un pensamiento sencillo: se había ido y no volvería nunca. Estaba muerto. Ahora no era más que cenizas dentro de la urna de bronce que estaba en mi mesilla de noche de la segunda planta, que era un desván encima de la cocina con una ventana sobre el cabecero para poder mirar de noche las estrellas sobre el lago. El desván no podía soportar mucho peso, así que lo único que tenía allí eran la cama y la mesilla. Un poco más y temía que el suelo cedería y nos estrellaríamos. Cuando Charlie daba vueltas de noche, escuchaba crujir las vigas. No es que me preocupase de verdad, en Levant dormía muy bien. Había un silencio de muerte, solo se oía zurear a unos pocos colimbos. Me había aferrado a las cenizas de Walter más tiempo del que me había imaginado. Las había traído a Levant con la idea de esparcirlas en el lago (mi lago) y que se desintegrase en el agua para tenerlo siempre allí, lamiéndome los pies, envolviéndome cuando nadase o haciéndome cosquillas en los pies mientras rozaba la superficie en mis paseos en bote de ida y vuelta a la islita (mi isla). Pero todavía no las había esparcido. Pronto, pronto, me dije. Cuando haga más calor.

Silbé para que viniese Charlie. Lo oía revolver por ahí, seguramente escarbando entre las agujas de pino secas y escurridizas. Charlie no conoció a Walter. De hecho, puede que naciera el día que murió Walter. Nunca había echado las cuentas antes, pero ahora parecía tener sentido: una vida se esfuma, otra llega. *Nadie sabrá nunca quién la mató*. Sabía qué había matado a Walter. No era algo que me gustase recordar. Aquellas noches en la sala del hospital de Monlith, la forma en la que me miraban con lástima las enfermeras, los médicos holgazaneando en la entrada.

—En cualquier momento —me decían una y otra vez, como si la muerte de Walter estuviese tardando mucho y yo les hubiese parecido impaciente, como si la muerte fuese algo que hubiese que esperar.

No, no era esa clase de mujer. No esperaría la muerte. Me agarré bien fuerte a la vida, le acaricié la mano a Walter, la cabeza, le di besos en la mejilla y en la frente mientras hubo vida en él. No tenía ni idea de si me podía oír cuando le hablaba. Hablé un montón mientras se estaba muriendo. Pensé que era lo que se suponía que tenía que hacer. Habíamos pasado casi cuatro décadas enteras juntos en Monlith, algunos días casi no hablábamos, no por rencor, sino solo porque no parecía haber necesidad. Compartíamos un solo pensamiento. Nos conocíamos el uno al otro. Pero entonces, de pronto, cuando Walter se estaba muriendo, tuve mucho que decir. Lloré y pedí y recé, aunque antes no había sido de rezos.

—Por favor, Dios, dale un día más —decía, con la cabeza posada al lado de la suya en la blanca almohada almidonada, con un agrio olor químico que emanaba de su cuerpo demacrado.

Y cada día, mis oraciones fueron escuchadas. Hasta el día en que no lo fueron. Y entonces se fue a un lugar mejor, como se suele decir, aunque no se había ido del todo. Su cuerpo estaba allí, tumbado en reposo, en calma absoluta, como si hubiese tenido un día difícil en el trabajo y se hubiese tomado, como tenía a veces la costumbre, una pastilla para dormir o un Lorazepam de los míos.

—¿Está durmiendo? —le pregunté a la enfermera. Qué tonta—. Estaba hablando con él como siempre y entonces la máquina empezó...

Había hecho todo lo que había podido. Había sido todo lo interesante que había podido. Había intentado con todas mis fuerzas conservar a Walter allí en la habitación conmigo. Años antes de su enfermedad, le había dicho:

—Si te mueres antes que yo, por favor, mándame una señal. Como puedas. Hazme saber que estás por ahí y que está todo bien allí donde sea que vamos al morir.

Debió de pensar que estaba de broma.

—Sí, sí, Vesta. Lo haré. No te preocupes.

Intenté acordarme de él en la habitación del hospital. Hasta le hablé al aire, como si Walter hubiese dejado su cuerpo y estuviese en el espacio que había sobre su cama, flotando en el aire frío y estéril del hospital. A lo largo de los minutos siguientes, se le aflojó el cuerpo de una forma que no había visto nunca. Se le enfriaron las manos. Una mancha.

Charlie volvió a toda mecha, no con el palo que le había tirado sino con una rama roja podrida caída de algún pino, casi desplumada en su blando estado de degradación.

—Buen chico —lo llamé, mientras me palpaba el bolsillo buscando alguna golosina.

Pero las tenía en el abrigo que había dejado colgado después del paseo al amanecer. Lo más probable era que las golosinas se hubiesen desmigajado entre las piedrecitas negras que habían sujetado la nota al suelo. *Se llamaba Magda.* Aparté aquella idea. Lo único que tenía que hacer en ese momento era volver a entrar, descansar un rato y empezar a preparar el almuerzo con los últimos restos de comida que tenía para salir del paso hasta el día siguiente, que era lunes, cuando iría al pueblo a hacer la compra semanal. Quité la radio de la ventana y la apagué. Charlie estaba delante de la puerta abierta con su gran rama podrida, sin querer soltarla ni entrar.

—Me llamaba Magda —me imaginé la voz en un programa de llamadas de la radio cristiana—. Nadie sabe quién me mató. No fue Blake.

—Buenos días, Magda —diría el padre Jimmy—. Siento oír lo de tu problema. Noto en tu voz una profunda tristeza. Si te sirve de consuelo, no estás sola. Todas las criaturas de Dios mueren. La muerte es una parte natural del ciclo de la vida y no es el final. Ni se te ocurra ni por un momento verla como algo por lo que hay que sentirse mal. ¿Puedo preguntar desde dónde llamas? ¿Y cómo puedo ayudarte? ¿Tienes alguna pregunta?

—Mi cadáver está por ahí en el bosque de abedules, frente al antiguo campamento de las *scouts* que ahora pertenece a Vesta Gul. No sé si puede hacer algo por mí, padre. Se me ocurrió llamar sin más.

—¿Vesta Gul, dices? ¿Qué clase de nombre es ese? Sin respuesta.

—¿Quieres decirle algo a la señora Gul, por si está escuchando?

—Por favor, ven a buscarme. Estoy aquí fuera, cerca de ti. Eres la única que lo sabe.

Qué tontería.

La voz que me imaginaba era más como mi voz, educada, con una levedad cantarina bajo la gravedad de la muerte. La de Magda sería mucho más nerviosa. Cualquier chica muerta sonaría histérica. Nunca me había permitido usar un tono así. Walter cortaba de raíz mis cambios de humor en el momento en que me notaba en la cara una punzada de algo desagradable.

Negué con la cabeza y abrí el frigorífico.

—Charlie —dije—, vamos al pueblo. Toda la comida está pasada y asquerosa. Y quiero una buena taza de café. Me da vueltas la cabeza.

Y con eso, le limpié las patas a Charlie y cogí mi abrigo y mi bolso y la correa de Charlie del gancho de la pared, y nos metimos en el coche. No cerré la puerta de la cabaña. No, no lo haría. No había nadie acechando en el bosque, me dije. La sospecha llama al peligro, ¿no es cierto? Si la imaginación es flexible y feliz, solo pasarán cosas buenas. Si hubiese alguien acechando en el bosque, sería solo Magda. Y estaba muerta. *Este es su cadáver.* ¿Era eso tan terrible? Había cosas muertas por todas partes: hojas, hierba, bichos, todas las criaturas del Señor se morían y los cadáveres de las criaturas que vivían en el bosque, las ardillas, los ratones, hasta los ciervos y los conejos, no se encontraban nunca. Ninguno de ellos se enterraba nunca. ¿Qué tiene eso de malo? Nada. La buena tierra del Señor, me dije.

Salimos con el coche del camino de gravilla hasta la carretera de tierra y luego a la ruta 17. Ni siquiera miré el bosque de abedules cuando lo dejamos atrás. No quise. No lo necesitaba. Y no había nada que necesitase hacer que no quisiera hacer. Por eso vine aquí, a Levant, para hacer solo lo que quería.

Dos

El pueblo de Bethsmane estaba a quince kilómetros de mi cabaña. Bajé la ventanilla y luego la de Charlie y saqué el codo y él sacó el hocico y cerró los ojos en lo que parecía una especie de éxtasis por la emoción del correr del viento. Le di la vuelta al lago, pasando por el camino de entrada cubierto de maleza de mis únicos vecinos, señalado con un buzón oxidado en una curva cerrada de la carretera. Los pinares oscuros se extendían hasta la ruta 17, que seguía hacia el este, después de la gasolinera con un solo surtidor y carteles de café caliente, leche, huevos, cebo vivo y hielo. Solo había ido un puñado de veces durante el invierno a comprar cerillas y provisiones básicas, cuando estaba demasiado somnolienta y preocupada como para conducir por las carreteras heladas hasta Bethsmane. El hombre que trabajaba allí era de mediana edad, callado, y tenía unas cicatrices horribles. Tenía el lado izquierdo de la cara lleno de marcas profundas y en mitad de la cara, sobre la nariz, que era solo un saltito con dos agujeros mirando hacia abajo, había un rectángulo de piel colocado como una alfombra. Si me pidieran que adivinase de dónde había salido, diría que del antebrazo del hombre, porque parecía que se lo habían afeitado y estaba quemado por el sol y arrugado como estarían los brazos de los hombres si se los afeitasen. Aquel extraño trozo de piel estaba cosido sobre la frente y bajaba por ambas mejillas, como en el muñeco de un ventrílocuo, y terminaba en la boca, que era normal, quizá un poco más morena que la mayoría de las bocas. La barbilla parecía intacta, ordinaria. Cuando se giraba a la izquierda y solo se le veía el lado derecho, parecía casi guapo, a pesar del bulto de la nariz, que de perfil parecía la de un gato. Desde la derecha tenía pelo abundante, la frente y la cuenca del ojo y los pómulos estaban bien perfilados, eran masculinos, el ojo era bonito, atento y no poco inteligente. Noté que llevaba el pelo peinado cuidadosamente, quizá hasta ese extremo porque parecía que le habían reconstruido el nacimiento del pelo del lado izquierdo. Tenía una geometría extraña, con mechones que no caían en la dirección adecuada. No podía mirarle la oreja izquierda, que parecía una vela que se había derretido hasta la parte de abajo. Y la nariz. Era realmente fea. Era difícil mirarle a los ojos mientras le pagaba.

—Accidente de caza —me dijo.

Me he preguntado desde entonces cómo le disparan a alguien en la cabeza así por accidente. No sabía mucho, nada en realidad, de armas y de caza. Rifles. Perdigón. Había oído aquellas palabras. Sabía que cazaban ciervos por la zona de los alrededores, pero estaba prohibido en Levant. Nadie cazaba ciervos o ninguna otra cosa en los abedules o en mis pinares. Había carteles puestos. Mientras conducía, me pregunté si era posible que hubiesen asesinado a Magda por accidente. No toda muerte era un asesinato, al fin y al cabo. Pero ¿se hacía algo en realidad por accidente? El padre Jimmy, para intentar calmar la ansiedad de algún oyente, solía proclamar con seguridad absoluta que «nada pasa en el universo de Dios por accidente; todo pasa por alguna razón». Aquel viejo verso.

Bethsmane era feo. Había carteles de «Se vende» en una de cada dos casas rodantes y autocaravanas.

Parecía absurdo que alguien eligiese vivir en un sitio así, en una de esas casas baratas prefabricadas de aluminio, mandar a sus hijos al colegio por la mañana, ir en coche al trabajo —¿dónde?, ¿a hacer qué?— para luego volver a casa de noche a sentarse en el sofá a ver la televisión. Fue un pensamiento triste. Me imaginé las cenas familiares: guiso de habichuelas verdes, macarrones con queso, vasos de refresco de naranja y cerveza barata, helado de chocolate. No era así como quería vivir.

Aparqué en el aparcamiento frente al supermercado y dejé abierta una rajita de las ventanillas del coche para Charlie.

—Vuelvo enseguida. No vayas a aullar.

Dentro, me fui directamente a la sección de productos frescos. No había mucha variedad donde elegir y siempre compraba las mismas pocas cosas: una cebolla, dos tomates corazón de buey, que estaban fríos y harinosos, un pepino grasiento, una col, una lechuga iceberg, dos zanahorias, dos limones, una manzana, una naranja, una bolsa de uvas negras. De la parte trasera helada de la sección de carnicería elegía un pollo entero y un paquete de huesos de ternera para Charlie. Después un cartón de leche y un envase pequeño de requesón. Después café y la media docena de *bagels* de la estantería junto a la panadería, en la que había unas tartas de cumpleaños con decoraciones esplendorosas al lado de una caja de cristal empañado con dónuts. Vi a una señora gorda sacar un cuadradito de papel encerado del dispensador, abrir la tapa opaca de la caja de cristal y seleccionar lo que debió de ser una docena de dónuts cubiertos de chocolate, echarlos en la bolsa de papel, lamerse los dedos y limpiárselos en el abrigo negro de lana, que llevaba abrochado bien apretado alrededor de su vientre abultado, con la solapa posterior abriéndose y rasgando la costura. Era una clase de personas que había terminado por reconocer en mis viajes a Bethsmane: mujeres gordas, grandes como vacas, cuyos gruesos tobillos parecían a punto de romperse cuando iban tambaleándose arriba y abajo por los pasillos con sus enormes carritos llenos de comida basura. Era domingo por la tarde. Me pregunté si aquella mujer se comería los dónuts sola frente a su televisión por satélite, proyectándose en el drama de sus culebrones o deseando ociosamente ganar un comedor nuevo o un viaje a Boca Ratón en *El precio justo*. Había visto el programa una vez en la consulta del dentista en Monlith.

¿Habría sido Magda una de aquellas mujeres gordas? No me daba esa impresión. *Este es su cadáver.* Me la imaginaba adolescente, ágil y desgarbada, con una larga melena negra, una chaqueta beisbolera demasiado grande con mangas de cuero blanco, con un parche en la espalda que acreditaba irónicamente su adhesión a un equipo deportivo local. Tendría las piernas largas, demasiado largas para los vaqueros; se vería un trozo de piel en el hueco que iba del bajo de los vaqueros a sus calcetines blancos. Las zapatillas de deporte serían negras o azules y sin nada de particular. Sucias y gastadas de un modo encantador, pensé. No era el tipo de chica que andaba por ahí con tacones, fingiendo ser un trofeo que hay que ganarse, y, no obstante, debe de haber sido especial, quizá con un aplomo y un encanto agreste, innato. Con un nombre como Magda, tenía que tener algo exótico. Por eso podía identificarme con ella, porque mis padres habían llegado al país durante la guerra, trayendo consigo su paranoia y sus extrañas convicciones. Me imaginaba que los padres de Magda serían inmigrantes también, o quizá fuesen simplemente leales a su ascendencia, como no lo eran la mayoría de los que vivían aquí. «Le pondremos Magda.» Los padres estadounidenses de verdad no les pondrían ese nombre a sus hijas. Me imaginaba que, como mis padres, serían de Europa del Este y fríos, de un sitio frío con inviernos duros y viejas con sombreros de piel y chales, catedrales, caldos ligeros, fuertes licores caseros, urbanismo gris o granjas duras y colinas escarpadas, algún lobo suelto que aterrorizaba al pueblo, etcétera. Quizá a Magda Levant le recordase a casa. No le importaban las señoras gordas del supermercado, las casas baratas de aluminio. El sitio le parecía precioso, sí, aunque ensombrecido por una triste reminiscencia de su pasado, de su tierra natal. Levant era un sitio para esconderse, un lugar de descanso. Es muy estresante que te arranquen de un mundo y te planten en otro. Pierdes las raíces, sin importar lo aferrada que estés a las tradiciones. Lo había visto con mis padres, las tradiciones cambian. La comida, las fiestas, los modos de vestir. Te integras o vives para siempre como si estuvieses en el exilio. Pobre Magda, adaptarse debe de haber sido difícil. Y por eso sentía que la conocía. Yo también era extranjera en Levant.

Walter era de Bremen. Cuando estaba cansado o enfermo, tenía más acento, pronunciaba la elle como ele, la uve como efe, cabreado y escueto cuando se emborrachaba:

—Por *fafor*, *Festa*, *fete* a la cama.

Quizá la lengua materna de Magda había hecho acto de presencia cuando rogó por su vida en el bosque de abedules. «¿*Vie*, *vie*?». ¿De dónde era? ¿De Budapest, de Bucarest, de Bielorrusia? Estambul estaba demasiado al este. Varsovia o Praga. ¿Belgrado?

Mis padres eran de Valtura, un pueblo pequeño del Adriático. Eran granjeros que vendieron sus tierras antes de que empezase la guerra en serio, llegaron en barco sin ningún plan. Me tuvieron de mayores, me criaron en las llanuras de Horseneck, donde la única otra familia inmigrante que había era de China. No es que me importase mucho. Me integré bien en el colegio. Cuando todo el mundo es pobre, las diferencias pequeñas no importan tanto. La gente de Horseneck y de Shinscreek, donde nos mudamos cuando estaba en el instituto, era acogedora. Tuve una infancia feliz. Mis padres no me dejaban olvidarme nunca de la suerte que tenía. Habían tenido un hijo antes que yo que se ahogó en Valtura.

—Te ahorraste la vida campesina —así me lo explicó Walter cuando conoció a mis padres.

Cuando nos prometimos, fuimos a visitarlos a su pisito de Shinscreek. No es un recuerdo demasiado maravilloso. Vi claramente que tenía que abandonar mis raíces para poder vivir una vida más cómoda con Walter. Fue una elección fácil, pero también triste. Los dos concordamos que no había que complicar las cosas teniendo hijos. Ninguno de los dos quería niños.

Magda podría haber sido mi hija, pensé por un momento. Su edad encajaba si la hubiese tenido muy mayor; una casualidad, un accidente, una bebé milagrosa. Y habría sido la única bebé que habría tenido. Walter me había prohibido usar píldoras anticonceptivas. Decía que minaban la integridad de la mujer. Teníamos nuestros métodos. Yo lo dejaba todo en manos de Walter. Era sucio, pero mejor que cualquier alternativa que se me pudiera ocurrir.

Me imaginaba a aquella hija mía de adolescente, volviéndome la espalda desafiante, corriendo escaleras arriba en la vieja casa de Monlith. Me la podía imaginar en su cuarto, el bonito papel de la pared arrancado de un lado, notas y tiras de fotomatón y postales clavadas en la pared y metidas en el marco del espejo, sobre el escritorio plagado de envoltorios de chicle y viejas cintas de casete, manoseadas novelas de misterios vampíricos y de detectives, una navaja suiza oxidada, una gran piña polvorienta, una barra de labios barata de color naranja.

«Déjame en paz», me la imaginaba mascullando si llamaba a su puerta mientras estaba leyendo. Me la imaginaba llamándome «mamá», con una á larga e irritada. Ojalá Charlie aprendiese a hablar. Siempre había querido que me llamasen por otro nombre que no fuese el mío. Vesta, señorita Lesh, señora Gul.

Veía la cara de Magda en mi imaginación, todavía escondida tras una cortina de pelo negro sedoso y empotrada en el suelo blando del tranquilo bosque de abedules. Probablemente hubiese gusanos y lombrices reptándole por los labios y metiéndose en la boca. ¿Cómo podía decir nada con la boca llena de cosas así? ¿Qué podría querer decirme? Su cuerpo hablaría por sí mismo, supuse. Podría tener las uñas pintadas de rojo oscuro. Podría llevar pendientes de diamantes falsos, un regalo que le habían hecho por su cumpleaños. De algún admirador, seguramente. Un hombre mayor. Blake no, no era más que un chaval y no habría sido quien le regalase diamantes. El pelo, extendido por el suelo del bosque, estaría húmedo a aquellas alturas, lleno de hojas muertas y de detritos, pero me imaginaba que seguiría estando lustroso, vibrante. Una chica tan joven. ¿Diecinueve, quizá? Diecinueve y medio como mucho.

—Magda —me dije con preocupación.

Una lástima que tuvieses que morir. Qué mundo idiota y cruel. Y, sin embargo, no parecía el mundo real. No parecía mi mundo. El mundo de Magda era idiota y cruel. El mío tenía una nota misteriosa, pero aparte de eso era plácido y sereno. Walter me había contado historias de la guerra y eran peores que los libros de vampiros. No parecían reales en absoluto. Era idiota y cruel que nadie tuviese que morirse en un momento en el que no estaba preparado para morirse si sentía todavía que le quedaba vida por vivir. Walter estaba preparado para morirse, me parecía. Casi que lo hizo a propósito. «Me aburro ya, acabemos con esto», esa era su actitud.

Te podías imaginar las muertes de aquellas vaquillas sosas que deambulaban por el supermercado, aquellas madres tristes sin nada que hacer salvo comer y doblar la colada con los dedos diminutos y rechonchos que les sobresalían de las enormes manos abotargadas. Sus vidas debían de ser pura cháchara y parloteo inútiles. ¿Alguna vez pensaban por sí mismas? ¿Por qué tenían aquel aspecto tan idiota, medio dormido, como de animales domesticados masticando el bolo alimenticio hasta el momento del degüello? Tenía que sentir lástima por aquellas mujeres, imaginarme a cada una de ellas estranguladas y apaleadas en las profundidades de mi bosque de abedules, abandonadas para que se pudrieran o se las comiesen los lobos. Una mujer debería ser enterrada con dignidad, por supuesto, sin importar dónde viva o lo que haga con su vida. Cuando muera, pensé de pronto, melancólica, enterradme bajo un manzano. Me dejé llevar por aquel pensamiento. Y después me pareció ridículo, que lo era, porque no me estaba escuchando nadie. Me reí de mí misma, me pasé los dedos por el pelo blanco.

Magda no podía ser demasiado guapa, razoné. Cualquiera que fuese muy guapa tendría a gente buscándola. Tendría admiradores, claro. Toda adolescente los tiene. Me habría preocupado que saliera de noche, que fumase en la casa del árbol o que esnifase pintura (había leído algo de eso en una revista, en la cola del supermercado la semana antes), pero no podría haber sido muy popular o querida. Quizá no la echasen de menos para nada. Quizá la gente de Levant hasta estuviese feliz de pasar por alto su ausencia. Quizá había algo de Magda que aquella gente no quisiera ver. Quizá era un fastidio o tenía una personalidad molesta que les irritaba, pero era muy difícil describir por qué. Nadie cuestionaría nunca su ausencia, como si pronunciar su nombre pudiese traerla de vuelta y todo el mundo estuviese contento de que hubiese desaparecido. Sus padres en Bielorrusia, para empezar, se habían alegrado de que se fuera, hartos de su sufrimiento y de sus quejas. La echaron, me imaginé. «Lo único que haces es cepillarte el pelo y fumar por la ventana —podría haberle dicho su madre, mientras movía la sopa en la olla—. Ve a buscarte un trabajo. Si odias tanto el instituto, sal a hacer algo. Eres una desagradecida. ¿Te crees que tu vida es muy dura porque no eres una puta que sale por la televisión? Las feas encuentran maridos honestos. Gracias a Dios que no eres una belleza». O su padre, borracho de licor de ciruelas o algo parecido, sentado en el sofá tapizado frente a la pantalla borrosa de la televisión y la vieja mesa de centro cubierta con un tapete de encaje, le diría: «Sal de mi casa, Magda. No soporto verte. Me pones enfermo. Vete a Estados Unidos si eres tan desgraciada aquí con nosotros. Vete a trabajar a McDonald's». Quizá yo era la única a la que le importaba que Magda se hubiese ido. A Blake le había importado lo suficiente para dejar una nota, pero ¿era eso cariño verdadero? Si mi amiga estuviese muerta en el bosque de abedules, desde luego habría hecho algo más que dejar una nota. Y eso haría. Decidí allí y en ese momento que haría más. Voy a buscarte, Magda, me dije mentalmente. Nadie pareció reparar en que mi espacio mental anduviese tan frenético mientras caminaba por los pasillos de sopas enlatadas y cajas de cereales. Nadie en el supermercado pareció reparar en mí para nada.

Me puse en la cola en la caja y miré a la gente del pueblo que tenía alrededor. Si alguien conocía a Magda, si se preocupaba por ella, no se había dado cuenta de que faltaba. No había aparecido en el trabajo. Quizá había salido, con Blake, supuse, y se habían metido en algún lío. Otra vez Blake. Qué cara la suya, dejando el cuerpo de Magda solo. Tenía que estar involucrado de alguna manera. No era experta en crímenes, pero hasta ahí llegaba: Blake era sospechoso. Había estado en contacto con el cadáver de Magda. Sabía algo. *No he sido yo.* Su negación solo lo hacía parecer asustado y paranoico. Y si sabía algo de la paranoia, era que surgía de la culpa y del remordimiento. Siempre. Se lo había visto claro como el día a Walter cuando teníamos problemas.

—Estás loca —dicen siempre los culpables.

Intentan desestimar tus indagaciones.

—Estás paranoica —insistía Walter.

Los que se sienten culpables intentan desviar tu atención.

—¡Solo estábamos hablando! ¡La estaba ayudando! —decía Walter.

Nadie la encontrará nunca. Blake era culpable de algo, ya fuese de asesinato o abandono o estupidez, no lo sabía todavía. Si había que adoptar alguna medida, la primera era encontrar a aquel chico. Tenía poco con lo que seguir, pero, de nuevo, el pueblo era pequeño. Aquel Blake sabía leer y escribir. Por lo menos sabía eso. Y tenía bastante sentido común para saber si alguien estaba vivo o no. Debía de haber palpado la muñeca o la garganta de Magda. Me pregunté cuánto tiempo había esperado, deseando o no que le latiera el corazón. Tres minutos sin pulso y estás muerto. Eso lo sabía. Pero había oído historias en la radio, me acordé, de gente que había vuelto a la vida después de horas, incluso de días.

—Jesús fue muerto y enterrado y al tercer día resucitó —decía el padre Jimmy.

¿Y qué significaba en realidad estar muerto, al fin y al cabo? Si sigues vivo los primeros minutos sin pulso, entonces un latido no es necesariamente la señal de estar vivo. El corazón no es el indicador. Incluso cuando se muere el corazón, otros órganos siguen viviendo. Entonces, ¿dónde está el límite entre estar vivo y muerto? El cerebro se muere cuando el corazón deja de latir. Sí, es verdad. El cerebro necesita oxígeno que le proporcionan el corazón y los pulmones. Y sin el cerebro, no hay mente, han dicho los médicos: si el cerebro muere, la persona muere. La mente se ha terminado. Pero ¿y si se equivocan los médicos? ¿Y si el espacio mental no fuese algo creado por el cerebro y siguiera incluso después de la muerte? Ay, me podía dejar llevar e imaginarme todo tipo de teorías. A veces me preguntaba si Walter estaría escuchando todo aquello. ¿Estaría allí arriba, compartiendo conmigo el espacio mental? ¿Qué pensaría si me viese en aquella nueva vida en Levant, una viejita sola en el bosque con un perro? Walter siempre había odiado a los perros. ¿Cómo había querido a un hombre que odiaba a los perros? Todos tenemos nuestras peculiaridades y problemas, me dije.

Así que, mientras el corazón de Magda se había parado, su piel y sus uñas, hasta sus dientes, podían seguir vivos. Miré el reloj. Ya eran casi las once. Las células de la piel viven cuánto, ¿doce horas? ¿Habían matado a Magda ayer o después de medianoche? ¿O hacía días? Solo su cadáver lo diría. Y quién sabe hasta dónde lo habían arrastrado, fuera del camino donde había estado. Quizá se lo había llevado algún animal. ¿Podría un oso huir con un cuerpo humano entero sin dejar rastro de sangre, de nada? Podría volver al bosque de abedules y buscar un poco más, una prueba del cadáver, pero me daba la impresión de que si me acercaba demasiado me infectaría de alguna manera. Me cambiaría. Ver el cadáver de Walter ya había sido bastante malo y no lo había visto muerto mucho tiempo. De un momento al otro, su cuerpo estaba allí, él estaba vivo dentro de él, y luego ya no estaba. Fue horrible, solo eso. Si me encontraba a Magda mutilada y ensangrentada, me daría un ataque de nervios. Podría estropearme la cabeza, pensé. Me podría volver loca, y no podía permitírmelo. Tenía que cuidar de Charlie. Mi huerto ya estaba creciendo. ¿Y quién era yo? No era más que una persona, una mujer de setenta y dos años. ¿Era verdad? ¿Tan vieja era? Tenía mis propios problemas. Tenía mis propios planes, mi propio camino que seguir. Tenía que remar hasta la isla. Tenía que preparar algo para la cena. Tenía que leer un libro, barrer, cepillarle el pelo a Charlie y buscarle las garrapatas. Magda y Blake no eran problema mío.

Sin embargo, tenía la nota. La nota era el problema. Ahora era una prueba, y la tenía yo. Si pasaba algo, si la policía se involucraba, tendría que dar la cara, tendría que confesar.

—Sí, la he tenido todo el tiempo —y mentiría—, aquí debajo, debajo de todos estos papeles. Ay, soy una anciana. Soy olvidadiza. Casi no la puedo leer, pensé que era un trozo de basura.

¿Quién me creería? Me meterían en la cárcel. Ocultar pruebas es un crimen, ¿no es cierto? Aquella nota me hacía cómplice, incluso sospechosa. «Una mujer extraña, una forastera de nombre raro.»

—¿Qué la trae a Levant? —me preguntó la policía cuando me mudé a la cabaña.

De la gente del lugar, demostraron ser los menos encantadores de todos. Ahí de pie en la puerta con las manos en las caderas, como si fuese alguna amenaza para ellos. Habían venido a mi cabaña a intimidarme, pensé, y por lo tanto a adoctrinarme, por así decir, en la cultura de Levant.

—Los inviernos aquí son muy fríos. El condado hace lo que puede para limpiar las carreteras, pero una muchacha como usted tiene que tomar precauciones. Si pasa algo, nos llama enseguida, ¿de acuerdo? —me llamaban señora Gool.

—Gul —les dije—, como el pecado de la gula —y luego, como si creyera que aquello los ablandaría, les dije—: Pero, por favor, llámenme Vesta.

—¿Tiene instalado el teléfono fijo, señora?

Dije que lo pondría cualquier día, aunque un año después todavía no lo he hecho. No necesito teléfono. No tengo a nadie a quien llamar y no me llamaría nadie nunca, pero aquellos policías eran insistentes.

—Bueno, no estará conviviendo con algún tipo raro, ¿verdad? ¿Inquilinos? Hay una ordenanza especial para inquilinos. No puede alquilar este sitio como si fuese un hotel, lo sabe, ¿verdad? El condado tiene unas normas muy estrictas.

Negué con la cabeza. Las únicas personas que venían a la cabaña eran los de mantenimiento.

—¿Y novietes?

Solté una risita, aunque ojalá no lo hubiese hecho.

—¿Y no se le ha acercado nadie? Si ve algo sospechoso, si alguien intenta contactar con usted, ya sabe, la gente de por aquí a veces no anda en nada bueno. Hemos tenido problemas con la juventud sobre todo, se emborrachan y hacen estupideces. Y por supuesto están las drogas de fabricación casera. Nada por lo que tenga que preocuparse. Esté atenta, solo eso. Ya sabe, este sitio que tiene usted es muy bonito, pero no es que sea una residencia para ancianos precisamente —me dijeron.

Sabía a qué se referían.

—Son tiempos difíciles —dije mientras asentía con la cabeza.

Sostuve a Charlie por el collar, allí de pie, y escuché a los policías soltar su discurso.

—Si ve algo raro, si alguien le pide algún favor...

—¿Qué clase de favor? ¿No me está permitido ser buena vecina?

—No hay motivo para alarmarse. Esté sobre aviso, eso es todo. Este terreno le ha salido barato por algo.

—Gracias —les dije cuando terminaron y cerré la puerta tras ellos.

No he oído hablar de ningún acto criminal. Llevo en Levant un año entero y lo peor que he visto ha sido un accidente de coche. Un conductor chocó contra un árbol en la 17. Pasé con el coche por delante de la grúa cuando enganchaba los restos. Pero eso ha sido todo. No me gustaron aquellos policías, sus caras fofas y resecas con los ojos puestos en mi casa, en mi espacio privado, con las pistolas en el cinturón, las placas resplandecientes, pavoneándose por mi propiedad como si fueran los dueños. Estaban celosos de que tuviese el dinero para comprar el campamento. Era tierra de categoría y había pagado por ella una miseria. Si nadie de Levant o de Bethsmane se lo podía permitir, deberían haberse alegrado de que lo salvara de la ruina. De todas formas, pagaba mis impuestos. Aquellos policías trabajaban para mí, al fin y al cabo. No, no les diría nada de la nota. Si dragaban el cuerpo de Magda del lago, quemaría la nota y enterraría las cenizas. Haría como que estaba conmocionada y horrorizada si me entrevistaban para el periódico local. «No me lo puedo creer —le diría al periodista—. Y pensar que algo así pueda pasar aquí, en mi lago... No, no he visto nada, no he oído nada. Habría ido derecha a la policía si hubiese sido así».

Con las compras en el asiento de atrás, conduje hasta la biblioteca. Devolví mi libro sobre árboles y una novela gorda sobre mujeres pioneras que me había resultado melodramática. Uno de los ordenadores públicos de la sala de lectura estaba ocupado por una pareja que calculé que tenía veintipocos años, aunque la gente de la zona tendía a aparentar unos diez años más de su edad real. Hasta los niños parecían avejentados de manera prematura, de tan deteriorados e hinchados. No es de extrañar, pensé, considerando el tipo de mujeres que los alimentaba. No había zona de recreo al aire libre para niños que yo hubiese visto, ningún parque infantil. En Monlith había un parque público al lado del colegio y donde fueses había algo con lo que ocupar a los niños: lápices de colores en los restaurantes, caballitos que funcionaban con monedas, hasta un zoo interactivo. Si hubiésemos tenido niños, se habrían criado bien en Monlith. Pero no había existido aquella posibilidad, no tenía sentido ni pensarlo. Me quedé observando a los dos jóvenes apiñados delante del ordenador que parpadeaba. Después me acerqué, saqué una de las sillas libres de delante de una pantalla poco iluminada y carraspeé.

Busqué el botón de encendido, pero no fui capaz de encontrarlo.

—Perdonadme —dije—. ¿Sabéis cómo se enciende esto?

La chica (con aparato, los ojos bordeados de patas de gallo profundas, la boca de algún modo sin labios y carnosa al mismo tiempo) alargó el brazo huesudo por encima de mi regazo y accionó el ratón de color pardo sobre la alfombrilla sucia y gelatinosa. La pantalla de mi ordenador cobró vida y mostró unos diseños astrales haciendo espirales, como la aurora boreal sobre la que había leído en el *National Geographic*. Unos cuantos iconos parpadeaban en la pantalla.

—Gracias, querida —le dije.

—Ajá —contestó.

Busqué internet y conseguí usar el ratón para abrir la ventana del navegador y tecleé www.askjeeves.com, como había aprendido en la clase de informática a la que Walter me había animado a apuntarme cuando todavía estaba lo bastante vivo como para tener buenas ideas, aunque ya estaba enfermo.

—Tienes que adaptarte al futuro —decía—. Llegar a conocer lo que hay ahí fuera. Cuando yo no esté, no tendrás necesidad de seguir viviendo como hemos vivido, con estas cosas viejas. Seguirás adelante. Pero tienes que esforzarte un poco, Vesta. No seas perezosa.

Se había vuelto cariñoso e interesado por mí una vez se confirmó el diagnóstico. Había fingido interés antes de entonces, cuando intentaba desviar mi atención de lo que él creía que yo podía saber sobre a qué dedicaba el tiempo que pasaba fuera de casa. Casi nunca estaba en casa. Me gustó que se pusiera enfermo por esa misma razón. Durante años me había ignorado y entonces, de pronto, yo fui la persona a la que se aferraba.

La clase de informática la daba un hombre de treinta y tantos, para mí un niño, que me hablaba con mucha amabilidad, afianzando mucho mi confianza mientras me guiaba con el dedo por la pantalla brillante para enseñarme dónde hacer clic, dónde arrastrar, cómo borrar, seleccionar, navegar. Y así, en la biblioteca de Levant, me adentré apaciblemente en internet y me lancé a encontrar respuestas a todas mis preguntas.

Lo primero que quería saber era si Magda era una persona de verdad, si había existido alguna vez. Medio esperaba encontrar un obituario suyo en el periódico local. «¿Está muerta Magda?», le pregunté a Jeeves. Lo que encontré fueron 626.000 páginas web, la primera docena dedicadas a la tragedia de cómo una joven fan británica de lo que parecía ser un grupo musical muy famoso de solo chicos, una muchacha que había consagrado su vida a bloguear sobre el grupo, había muerto de manera fulminante una mañana mientras esperaba al autobús escolar. Tenía solo dieciséis años. «Magdalena Szablinksa se desplomó y luego murió.» Bueno, aquello no me servía de ayuda.

Tres páginas más sobre Magda me llamaron la atención. La primera era sobre Magda Gabor. Había sido la hermana de Zsa Zsa y llevaba muerta más de veinte años. Las tres últimas décadas de su vida había quedado incapacitada después de una apoplejía, pobre mujer. Seis maridos. Húngara, actriz y mujer de mundo, sea lo que sea eso. Y aquella hermana suya. Por supuesto no era la Magda que estaba buscando.

La siguiente Magda era una cantante italiana de ópera a la que parecía haberle ido bastante bien. Sus últimas actuaciones eran en una ópera de una sola mujer, lo que para mí significaba que algo debía de saber del poder femenino, de la necesidad de una mujer de que se oyese su voz y demás. Qué valiente era.

Aquella era una verdadera pionera y no una señora flaca con delantal que ordeñaba una vaca como en esa novela deprimente que acababa de devolver. Aquella Magda cantante había vivido hasta los 104 años y se había muerto el pasado septiembre. Pobre Magda Olivero. Parecía mucho más merecedora del nombre que las otras.

La última Magda muerta que encontré era Magda Goebbels. No necesitaba leer nada sobre ella. Si había algo que me fuese a dar pesadillas, era la historia de aquella Magda. Cerré la ventana con un clic.

No serviría de nada consultar el directorio telefónico de Levant. No sabía el apellido de Magda, así que le pregunté a Jeeves «¿Vive alguien llamado Magda en Levant?» y encontré a una mujer afroamericana llamada Magda Levant que vivía en Lubbock, Texas. Luego probé con «¿Y una Magdalena en Levant?» y me condujo a una casa en venta en Chula Vista, California. Aquello no estaba bien. La pareja del ordenador de al lado recogió sus bolígrafos y sus papeles (un cuaderno sin espiral) y dejó la pantalla del ordenador encendida y parpadeante. Cuando la miré, mostraba la página de una clínica abortiva local. Magda Goebbels, en efecto, pensé. Aquella mujer había envenenado a sus seis hijos y ¿para qué? ¿Para ahorrarles el sufrimiento de verla llevada a juicio? Pensé en Núremberg y en cómo se le llenaba a Walter la garganta de flema cada vez que salía algo que concerniese a la guerra o a Hitler o a los nazis en la radio. Tosía y se ahogaba.

—¡Apaga ese maldito cacharro!

Una punzada de tristeza. Si Walter estuviese aquí, sabría qué hacer con la nota. Tendría una teoría, fija y finita, sin ninguna cláusula vacilante, sin dudas, sin pánico. Me encantaba lo seguro que estaba Walter de las cosas. Echaba eso de menos. No siempre estábamos de acuerdo, pero me parecía que la confianza y la convicción podían convertir una respuesta equivocada en una correcta.

—Usa la lógica, Vesta —me decía cuando expresaba alguna de mis opiniones floridas—. Es esto o aquello. Decídete y sigue adelante. Te pasas mucho tiempo jugando con el pensamiento como si fuese una caja de arena. Todo se te cuela entre los dedos, no tienes nada sólido a lo que agarrarte.

Cerré la ventana de internet con un clic. Allí estaba otra vez la aurora boreal. Todo parecía espectral, un presagio. La sala de lectura estaba vacía y oscura en ese momento en que se juntaron las nubes por fuera de los grandes ventanales. Me sentí muy abandonada y sola. Fue una tristeza momentánea, eso fue todo, pero durante aquel segundo con Goebbels y el embrión minúsculo del vientre de aquella chica, me quedé paralizada de temor. Era raro que me sintiera tan mal. Me dio la impresión de que pesaba centenares de kilos, como aquella comedora de dónuts que andaba como un pato por el supermercado. Casi no podía respirar, pero me di la vuelta para mirar el ordenador. La silla giratoria forrada de morado chirriaba y crujía. La bibliotecaria había desaparecido en un cuarto trasero que había detrás de su mostrador. Me alegré. No quería que me viesen en aquel estado.

Pero supongo que desde fuera parecía perfectamente normal. Bueno, normal para mí. En Levant mi aspecto era más bien exótico. Eran todos muy rubicundos y pálidos, irlandeses, suponía. Yo en comparación parecía una vieja gitana. Nadie tenía una cara como la mía. Me contemplé en el cielo negro y estrellado de la pantalla del ordenador. Seguía siendo yo, seguía siendo Vesta, con toda su belleza y rareza. Walter solía jugar a un juego cuando nos sentábamos uno frente al otro para cenar. Sacaba el libro que había dejado de lado sobre la mesa y lo usaba para taparme la mitad inferior de la cara, cubriéndome apenas la punta de la nariz.

—¡Impresionante! —decía, y tenía razón.

Mis ojos, mi pelo (suave y negro por aquel entonces), el contorno de mis pómulos y de las cuencas de mis ojos, mi nariz alta, mis sorprendentes ojos azules... Era preciosa. La gente me paraba por la calle cuando era joven, en la ciudad. Solía vestirme de tal forma que querían hacerme fotos. Ahora, a juzgar por los anuncios de las revistas del supermercado, tienes que medir dos metros y tener la cara de una niña de dos años para llamar la atención. Y el tiempo me ha arrugado la piel lo bastante como para que los bordes nítidos de mi cráneo (que solían ser fascinantes) se hayan suavizado, como si una manta cubriese una silla de caoba labrada. Después de admirar mis ojos, Walter levantaba el libro para tapar la parte superior de mi cara, de modo que solo se viese la parte de abajo. Entonces era una cara completamente distinta: solo la punta de la nariz, que era un poco aguileña, y los pómulos, tensos por las arrugas del ceño fruncido (las tenía incluso siendo joven) y mi boca minúscula.

—Tan minúscula, que debería alimentarte como a un gorrión —decía Walter, mientras cogía un guisantito de su plato.

La mandíbula, larga y exagerada, como «la pala de un palo de *hockey*». Tenía un leve prognatismo, me lo había dicho el dentista.

—¿Quién es esta bruja y dónde ha enterrado a mi mujer? —decía Walter, mientras me acariciaba suavemente la garganta.

Pero no era que la parte superior de mi cara estuviese bien y la inferior estuviese mal. Era solo que parecían estar muy mal alineadas. El milagro era cuando Walter quitaba el libro y mi cara (ambas mitades) casaban muy bien juntas.

—La perfección.

Había libros infantiles en los que había visto aquel mismo juego. Era divertido intentar combinar el torso de un pirata barbudo con los hombros de una princesa con la cabeza de un león, etcétera. Me imaginaba mi cabeza en el cuerpo de un hombre, las piernas como la cola con aletas de un pez. Al imaginarme aquella mezcolanza, me sentí de pronto muy intranquila. Mi cara en la pantalla se tambaleó un instante y después la imagen que se movía pasó de ser la aurora boreal a un parpadeo azul vivo con una línea blanca de palabras que giraba alrededor. Me sabía el nombre de aquello: salvapantallas.

Debería irme, pensé. Charlie me estaba esperando en el coche, me imaginaba que acurrucado en el asiento trasero, con las ventanas empañadas por el calor de su aliento. Lo único que tenía que hacer era levantarme, cruzar la alfombra hasta el vestíbulo de la biblioteca donde estaba el mostrador y salir por aquella vieja puerta redonda, teniendo cuidado al andar por el camino de ladrillo desigual hasta el coche en el aparcamiento, pero me parecía imposible. Me sentía pegada al asiento, como si el destino me hubiese colocado en él frente al ordenador. Intenté fijar la mirada en el remolino de palabras. Solo con seguir un segundo el resplandor me dio vueltas la cabeza. Una ola de calor, luego una especie de lento golpe sordo en el pecho, como si algo se cayera, como si un candelabro de mármol golpease un suelo alfombrado. El corazón. «¿Te has olvidado de algo?» Las palabras se torcían por la pantalla, como burlándose de mí. ¿Quién había escrito algo así? El ordenador que tenía al lado se había puesto negro, muerto, para entonces. Volví a pensar en el feto abortado y sentí náuseas. Era probable que tuviese hambre o el nivel de azúcar en sangre bajo, pero sentí mucha emoción en ese momento. Me sentí un poco como si me hubiesen abandonado en un mal sueño. Las palabras volvieron a girar en espiral. Me empezaron a temblar las manos. ¿Qué era aquello? ¿De qué me estaba olvidando? ¿Magda? ¿Eres tú? Qué extraña responsabilidad, tener en tus manos la muerte de alguien. La muerte parecía frágil, como un papel arrugado que tuviese mil años. Un movimiento en falso y lo rompería. La muerte era como un encaje antiguo, quebradizo, el adorno a punto de separarse de la delicada trama de hilos, casi destruido, colgando, hermoso y delicado y a punto de desintegrarse. La vida no era así. La vida era robusta. Era testaruda. La vida arruinaba demasiadas cosas. Había que sacársela a golpes del cuerpo. Hasta la más mínima semilla de la vida, un óvulo fertilizado, había que pagarla: un experto, una máquina y una aspiradora industrial, por lo que había oído. La vida era persistente. Allí estaba todos los días. Me despertaba todas las mañanas. Era ruidosa y chillona. Una matona. Una cantante de sala de fiestas con un vestido chabacano de lentejuelas. Un camión fuera de control. Un martillo neumático. Un incendio forestal. Una úlcera bucal. La muerte era distinta. Era tierna, un misterio. ¿Qué era, siquiera? ¿Por qué tenía que morirse nadie? Walter, los judíos, tantos niños inocentes... Perdí el hilo de mi pensamiento. ¿Cómo seguía la gente con su vida como si la muerte no les rodease? Había teorías, cielo, infierno y así, pero ¿sabía alguien la verdad? ¿Había una respuesta? Qué injusto parecía mandar a los vivos a la muerte, a lo desconocido, qué frío. Blake debe de haber entendido también la tragedia que era. Allí estaba, en sus palabras: *Nadie sabrá nunca quién la mató.* ¿Por qué, Dios? Había sido muy dura con Blake, pensé. Blake le había dado a la pobre Magda un lugar en el que descansar. Había hecho lo que había podido con lo que tenía: un bolígrafo, un cuaderno de espiral, las piedrecitas negras, que ahora recordé que seguían en el bolsillo de mi abrigo. Metí la mano y las toqué, afiladas y ásperas entre mis dedos. Eran un consuelo. Me dieron un poco de fuerza. *Se llamaba Magda.* Sí, Blake, hay que insistir en la vida, reconocerla, no darles la espalda nunca a los muertos.

Volví a mirar el ordenador, me quedé observando fijamente la burla en espiral. Había un cartelito pequeñísimo plastificado y pegado en la parte de abajo de la pantalla donde ponía lo mismo: «¿Te has olvidado de algo? No nos hacemos responsables de los objetos perdidos o robados. Por favor, deja la mesa tal como la encontraste». Me pareció un mensaje cruel: Sí, sí, vive, haz tus desastres, pero cuando te mueras, no dejes rastro. Barre cualquier prueba de tu existencia. Los recuerdos perturbarán solo a los que sigan viviendo. Tendrán que desperdiciar sus propias vidas limpiando los tuyos. Era como si el cadáver de Magda fuese el envoltorio de una chocolatina tirado en la acera.

Mis propios pensamientos me habían dejado exhausta. Deseaba poder olvidarme de todo aquello, volver a mi inocente paseo por el bosque de abedules; me quejé, me regañé por no ir con el bote de remos hasta la isla. «Perezosa», me llamé. Ay, iría pronto. Iría, iría. Lo había evitado por pereza, aunque también por temor. Tenía algo de solitario estar allí en medio del agua, tuve que admitir entonces, mientras observaba el salvapantallas dar vueltas. Me sequé las lágrimas de la cara y, mientras lo hacía, le di un codazo al ratón. Volvió a aparecer la aurora boreal. Abrí el explorador con un clic y fui a Ask Jeeves, no a por una respuesta a mis plegarias (que no hubiese muerte, que Walter estuviese aquí, volver a mi vida en Monlith, mi vida antes de Charlie, antes de nada de esto), porque sabía que ningún ordenador podía proporcionarme eso. No, en vez de eso fui a Ask Jeeves para buscar una manera de actuar, alguna ayuda para mi intento de hacer del mundo un lugar mejor, con muerte y todo. Walter habría estado muy orgulloso. «¿Cómo se resuelve un misterio?», tecleé. Y entonces, por si acaso, añadí la palabra asesinato después de misterio, ya que era eso, en efecto, con lo que estaba tratando.

Recorrí los resultados de la búsqueda.

Haz una lista de sospechosos, sugería una página web.

Parecía bastante fácil hacer aquello. Si hay un grupo de personas, cada una de las cuales tiene un motivo para querer que Magda esté muerta, ¿sería razonable decir que la persona con el mejor motivo sería el asesino? ¿Cómo medir y comparar sus motivos? «Magda me robó el cepillo del pelo», podría decir una chica, solo como ejemplo. ¿Cómo se cotejaría el robo de propiedad con algo más intangible, como una afrenta personal, como «Magda me dijo algo feo» o «Magda se acostó con mi novio». Bueno, ahí teníamos un motivo verdadero. Pero ¿cómo se compararía un motivo como ese con «Magda se acostó con mi marido»? ¿Era eso peor? Seguramente dependía de la calidad de la relación amorosa entre la sospechosa y el hombre con el que se había acostado Magda y también el nivel de cordura de la persona cuyo cepillo había robado, la fragilidad de la novia o esposa desdeñada. No era capaz de imaginarme a Magda insultando a alguien o acostándose con alguien. Tenía un algo de coqueta, claro, un poco de secretismo, algo oscuro (la laca de uñas oscura saltada, la beisbolera que llevaba con un poco de ironía, un poco de desdén), pero no era una «puta». No era una «guarra». Me imaginé a la novia o a la mujer llamándola de aquella manera. Magda era demasiado joven para meterse en todo eso, para mezclarse con hombres, para cometer ese tipo de errores. O eso creía yo. Había mucho que sopesar. El resentimiento apenas alcanzaba como criterio para motivar un asesinato. Tenía que haber algo más. La pregunta que había que hacer era «¿Quién sacaría más provecho de la muerte de Magda?». La respuesta llevaría, quizá no directamente pero sí al final, al asesino verdadero. Me sentí muy inteligente por haber llegado a aquella pregunta.

Mientras pensaba en ello, emergió una ventanita de la esquina inferior derecha de la pantalla. Era un anuncio animado de prismáticos. Las lentes de los prismáticos se ampliaban y se extendían, como dos trompetas brillantes. Hice clic en él, quizá fue una estupidez, me sedujo la animación, y me llevó a una página en la que vendían equipación de caza que camuflaba al que la llevase según el entorno: uniformes militares de todo tipo y también monos completos color negro medianoche, de la cabeza a los pies, con máscaras y malla sobre orejas, nariz, boca y ojos. Me recordaron a los trajes de mimo. Casi solté una risa y miré hacia abajo a la derecha, donde se suele sentar Charlie cuando estoy en la mesa, pero por supuesto no estaba allí. Sentía que estuviese encerrado en el coche, esperándome. Se lo compensaría de alguna manera. Los modelos eran todos maniquíes unisex de poliestireno extruido sin pechos ni bultos, con torsos planos y piernas robustas aunque amorfas. Hice clic en la selección de estampados para los monos. Había trajes para desaparecer en diferentes paisajes forestales: de hoja perenne, de hoja caduca, alpino, jungla, verde exuberante y veraniego o plateado y gris invernal. Tenían trajes para esconderse en campos, desiertos, hasta en el agua. Hice clic en uno que me parecía apropiado para el pinar: oscuro, con trozos rojos y los pies de color calabaza claro. Era como esos pijamas con cremallera para bebés. Hacía mucho tiempo que no me compraba nada de ropa. Había pasado todo el invierno con el mismo jersey grueso de lana gris, ropa interior larga y pantalones de pana marrón. Ahora que era primavera, me había pasado a los forros polares finos, a las prendas de punto de algodón, a los vaqueros. Me restringía a un presupuesto, pero podía permitirme derrochar algo de vez en cuando. «Hoy me saltaré el dónut», razoné, como si aquello pudiese compensar el gasto, y decidí pedir el traje más barato que ofrecían. Era uno solo negro. Costaba solo veinte dólares más el envío. Pensé que podía llevarlo de noche cerca del agua o incluso en el agua, ver si los peces notaban que estaba allí o si se chocaban contra mí. Quizá intentaría pescar. Podía resultar muy fructífero, una afición que me daría de comer. Junto con el huerto, sería casi autosuficiente. Aquellas ideas me alegraron. «Mira, Walter, estoy siendo frugal y laboriosa.» Aquello era a lo que se refería con «estar vivo», ¿no? ¿Vivir la vida al máximo? ¿Trazar planes, ser espontáneo, arriesgarse, que pase lo que tenga que pasar? Saqué la tarjeta de crédito del bolso y tecleé los números. Era raro que recibiera algún correo electrónico. Normalmente era la factura de la luz, pero incluso en ese caso no hacía falta, el costo mensual me lo retiraban automáticamente de la cuenta bancaria, así que pedir un envío me parecía un lujo especial. Hasta pagué quince centavos para imprimir el recibo que salió y que me alargó la bibliotecaria con rabia contenida, pobre mujer, debía de estar tan aburrida. Con toda aquella emoción, me había olvidado de la ventana debajo de la página de los monos. Seguía allí. «Cómo resolver un asesinato misterioso».

Avancé un poco más.

Una manera de descubrir al sospechoso culpable era preguntarle directamente a cada sospechoso «¿Por qué mataste a [víctima]?». Si el sospechoso es inocente, responderá «No lo hice», mientras que el asesino verdadero tendrá que usar su astucia para evitar que lo descubran. Puede usarse en realidad como proceso de descarte.

Basa tu estrategia en encontrar al mentiroso. Puedes encontrar más información en... Etcétera.

Aquello me resultaba muy interesante, claro que la gente mentía todo el tiempo. Es parte de lo que nos conforma como individuos. Una mentirijilla no le hacía daño a nadie. Establece los límites de lo que diferencia a una persona de lo que es otra. Por supuesto, algunas relaciones requerían más honestidad que otras. Marido y mujer, por ejemplo, deberían intentar decirse la verdad. Demasiadas mentiras darían lugar a un espacio mental compartido problemático, pero no era verdad sin más que mentir fuese señal de culpabilidad. Yo le mentía a Charlie todo el tiempo.

—Ahora mismo vuelvo —le había dicho al dejarlo en el coche en el aparcamiento de la biblioteca.

Bueno, no era una mentira, pero terminó siéndolo. En el momento en el que empecé a considerar aquello, llevaba sentada delante del ordenador casi treinta minutos. Así que no toda mentira era un engaño. A veces una tenía que incumplir su palabra. Y, a veces, una mentirijilla estaba bien. Era sano. No todo el mundo quiere escuchar toda la verdad el cien por ciento del tiempo. Si Walter no me hubiese mentido de vez en cuando, habríamos tenido un matrimonio muy distinto. Estaba bien tener algunos secretos aquí y allá, la mantenía a una interesada en sí misma.

Blake ya había contestado a la pregunta que le habría hecho yo a mi sospechoso número uno: ¿Por qué mataste a Magda? Su respuesta estaba allí justo en la nota: *No he sido yo*. Según internet, el asesino verdadero daría una respuesta más astuta. Más bien me contaría alguna historia para apartarme de la verdad. Se escondería bajo una ficción. «Es curioso que me hagas esa pregunta sobre Magda —empezaría diciendo—. ¿Sabías que una vez me prestó un libro sobre el Antiguo Egipto? Las pirámides son unas estructuras fascinantes».

Ah, parloteaba y parloteaba todo el tiempo que tenía que parlotear, para evitar la verdad. Es más, el verdadero asesino no se pondría a sí mismo bajo sospecha, como había hecho Blake al escribir la nota. El verdadero asesino se mantendría lejos del bosque de abedules. Diría estar haciendo algo aparentemente inocuo, fingiría que aquello era lo único que le concernía. Estaría doblando sus calcetines en la lavandería. Estaría viendo la televisión, metiendo su puño manchado de sangre en una bolsa de patatas fritas, lamiéndose la grasa y la sal de los dedos. Estaría regando el césped, saludando a los vecinos, limpiando los canalones, raspándose el barro de las botas, hurgándose los dientes, tarareando. O estaría trabajando en una carnicería, cortando carne con una sierra eléctrica, me imaginé. Quizá lo había visto a través de las paredes de vidrio de la sección de carnicería del supermercado. Nunca sentí aprecio por aquellas paredes de vidrio. No quería ver cómo desmembraban a los animales. Aquello no me abría el apetito. O quizá ser carnicero era demasiado violento, una profesión demasiado obvia. Alguien con temperamento homicida quizá querría pasar por amable e inofensivo, un lobo con piel de cordero. Aquello constituiría un misterio mucho más interesante, pensé. Pensé en Walter, en sus manos amables con un callo solo en el dedo medio, el dedo con el que sostenía el lápiz. Walter era grande y fornido (hasta que el cáncer lo tiró abajo, claro), pero parecía que no podía matar ni una mosca. Ah, pero sí que podía. Una vez mató una rata a martillazos. Se comía los filetes sangrientos. Los hombres son así de falsos. Hasta el más delicado tiene esa vena primitiva. En su corazón, los hombres son todos cazadores. Todos asesinos. ¿No es cierto? Lo llevan en la sangre. Y, sin embargo, pueden parecer tan amables. No se puede saber la verdadera naturaleza de un hombre solo por su aspecto. Si había aprendido algo de Agatha Christie, era que muchísimas veces la parte culpable está al acecho, bajo nuestras mismas narices. El asesino podría estar trabajando en aquella misma biblioteca, en algún lugar del almacén, guardando cosas, fuera de la vista. Esperemos que no esté estrangulando a la bibliotecaria en este mismo momento, pensé. Si era así, el misterio se resolvería con demasiada facilidad.

Como si me hubiese oído, la bibliotecaria volvió en ese justo momento, demostrando que estaba equivocada. Fue un alivio, hice un gesto con la cabeza por mi propia tontería. Pero una tenía que sopesar todas las posibilidades. Me sentía muy lista, de hecho. ¿Lo ves, Vesta?, me dije a mí misma. En solo dos segundos has eliminado a un sospechoso: el hombre que trabaja en el almacén de la biblioteca. Y ni has tenido que interrogarle. Puedes resolver el misterio con la mente y poco más.

Saludé y le sonreí a la bibliotecaria. Me dedicó una sonrisa falsa.

Hacía mucho tiempo que no socializaba para nada. El invierno había sido largo. Y no tenía amigos, nadie con quien quedar a comer, ir al cine o charlar por teléfono siquiera. Ni siquiera tenía teléfono. La nota que me había dejado Blake en el bosque de abedules era lo más parecido a una visita que había tenido en mucho tiempo. Cuando me mudé, no había recibido ningún pastel de bienvenida, ni buenos deseos de mis vecinos, solo aquellos policías horribles que habían venido a reñirme, como si fuese una criminal.

—¿Ese perro tiene licencia? —me preguntaron.

Tiranos. Aquellos policías podían llegar muy lejos con sus intimidaciones, pero yo necesitaba una táctica más sutil y sofisticada como investigadora. Necesitaba un acercamiento más elegante, un método inteligente para establecer (¿establecer?) el motivo, los medios, la oportunidad, todo lo demás que tuviese el culpable.

Un anuncio apareció entonces en la pantalla. «LOS MEJORES CONSEJOS PARA LOS ESCRITORES DE NOVELAS DE MISTERIO.» Hice clic en él. Como esperaba, las sugerencias eran todas preceptivas, sin dejar lugar a la inspiración, a la verdadera creatividad, a la verdadera diversión.

Leer muchas novelas de misterio es esencial.

Aquel me pareció un consejo ridículo. Lo último que se debería hacer es llenarse la cabeza con la forma de hacer las cosas de otras personas. Eso le quitaría toda la diversión. ¿Se estudia a los niños antes de copular para producir uno? ¿Realiza uno un examen minucioso de las heces de los demás antes de salir corriendo al baño? ¿Va uno por ahí pidiéndole a la gente que le cuente sus sueños antes de irse a dormir? No. Escribir una historia de misterio es un esfuerzo creativo, no un procedimiento calculado. Si sabes cómo termina la historia, ¿para qué empezarla siquiera? Sí, la escritora necesita alguna guía, algún saber e información sobre la historia de misterio que está escribiendo, o si no está matando el tiempo, garabateando cosas para conmemorar su espacio mental. Me parecía que hacer aquello era más bien humillante, un síntoma de arrogancia y engreimiento, pero suponía que de hecho era tarea del escritor menospreciar los milagros de esta Tierra, separar una pregunta del misterio infinito de la vida y contestarla de alguna forma llorica. Walter siempre había descartado la ficción por ser un pasatiempo pedestre, como la televisión. Las películas de Agatha Christie sí le gustaban, sin embargo. Le parecían satisfactorias, creo, porque siempre podía hacerse el listo conmigo cuando las veíamos juntos. Traía a casa vídeos de la biblioteca de la universidad.

—Son historias muy predecibles, ¿no lo ves? Las puedo resolver. El asesino es siempre la persona descentrada.

Hablaba así y yo sabía lo que quería decir: no tenía al asesino delante de la cara, pero sí al alcance de la mano. Siempre veía la respuesta con la misma claridad que Walter, claro, pero a él tener razón le daba muchísimo gusto. Le encantaba sentirse brillante. Yo tenía que asentir, dejar que me eclipsara para seguir tranquila, pero sabía que yo también era espabilada. No era experta en nada, pero era muy capaz.

—Usa la imaginación, Vesta —me decía cuando me veía descontenta—. Nada es tan grave. Alégrate, por favor.

Le gustaba decirme que yo era la causa de mi propio sufrimiento, que yo elegía creer que mi vida era limitada, aburrida. Me explicaba que todo era posible y que además todo (todas las cosas y posibilidades) existía en versiones infinitas a lo largo de las galaxias y más allá. Sabía que era una creencia infantil, pero la había adoptado de todas formas. Imaginarme realidades infinitas hacía más tolerable cualquier molestia que tuviese que soportar. Yo era más que yo misma. Había infinitas Vesta Gul ahí fuera, simultáneas a mí, desplazándose por la página de «LOS MEJORES CONSEJOS PARA LOS ESCRITORES DE NOVELAS DE MISTERIO», con una sola pequeña variación: el pelo de una de las Vesta Gul le caería sobre la frente de manera distinta; una alfombrilla del ratón sería verde en vez de azul, etcétera. En otra dimensión, había un dragoncito escupiendo fuego en el suelo junto a mí. Y en otra, a Charlie lo estaba estrangulando en el coche una *Boa constrictor* de veinticinco metros. Etcétera. El trabajo del detective era reducir las realidades potenciales a una sola verdad. Una verdad elegida. Eso no significaba que fuese la única verdad. La verdad real solo existía en el pasado, eso creía yo. En el futuro es donde las cosas se empezaban a complicar.

Delimita exactamente cómo se cometió el crimen. Imagínate todos los detalles.

Era ridículo. Si pudiese delimitar exactamente cómo se había cometido el crimen, no habría necesidad de resolver el misterio. Suponía que había posibilidades que contemplar, versiones de distintos pasados de las que podía hacer una lista. Luego podría deducir qué versión era la más verdadera. Eso lo podía hacer, pero ¿todos los detalles? ¿Cuántos detalles eran todos? ¿Bastaba con decir que «tenía la barba espesa» o se suponía que tenía que explicar cómo de espesa y de qué textura y cuándo fue la última vez que se la recortó y con qué tipo de instrumento y quién lo hizo? Si alguien se acababa de recortar la barba, ¿volvería a vivir Magda? No, una planificación tan cuidadosa tenía que limitarse a escenas cruciales. Si alguien se recortaba la barba en la oscuridad de una cueva al lado de una cantera, de manera descuidada y tosca, con una navaja automática, y si con aquella navaja automática le habían cortado la garganta a Magda, entonces merecía la pena concebir la barba. Pero si la barba era de un transeúnte de Levant que no tuviese conocimiento de nada, entonces no tenía ninguna relevancia en el misterio. O quizá estuviese equivocada. Si había infinitos universos, con detalles refinados infinitamente pequeños, entonces todos los pelos de todas las barbas tenían alguna consecuencia. ¿No contaban todas las cosas pequeñas? Me quedé con la mirada perdida mientras sopesaba cómo iba a contar todas las barbas de la Tierra y luego todas las Tierras en el reino de las posibilidades, pero me detuve. Si hay infinitos significados, no hay significado.

Dale al asesino un motivo claro y convincente. Bueno, no tenía que darle un motivo al asesino. El asesino se lo había buscado solo.

Crea un mundo tridimensional. Tus personajes deberían tener vidas más allá de la situación particular. Puedes usar la plantilla para escribir los perfiles de los personajes y empezar a darles vida.

La novela de misterio era un género tosco, eso era obvio. No es que las novelas más literarias que había sacado de la biblioteca pareciesen más acertadas. Lo que ponían en las estanterías de la biblioteca era material que no te iba a sorprender. La invitación de Blake, o poema, podría llamarlo, no habría llegado a la mesilla de noche de nadie: era demasiado raro. *Se llamaba Magda.* ¿Qué clase de principio era aquel? Un editor consideraría que la nota era demasiado tenebrosa para publicarla. Demasiado, demasiado pronto, dirían. O que no tenía bastante suspense. Demasiado extraño. Intenté acordarme del principio de los últimos libros que había leído. No pude.

Solo una parte del artículo «LOS MEJORES CONSEJOS» parecía útil: el cuestionario de perfil del personaje. Pensé que me ayudaría a imaginarme a Magda con más precisión. Parecía bastante fácil rellenar los huecos. Ese tipo de cosas era bueno para los que se hacen mayores: acertijos, juegos. A Walter le gustaban mucho los ejercicios mentales así. Siempre tenía un tablero de ajedrez preparado; hacía un movimiento, se levantaba y se sentaba en la silla de enfrente, hacía otro movimiento.

—De este modo, la psique se enfrenta a sí misma. Hay un diálogo. A la mente hay que hablarle, Vesta, si no se empieza a atrofiar. Se enfanga.

Me hacía acordarme de la fuente del centro comercial Monlith, del agua con cloro reciclándose una y otra vez.

—Pero si la mente se habla a sí misma —le decía yo—, ¿no se dice solo lo que quiere oír?

Walter tenía razón con lo de necesitar tener a alguien con quien hablar. Gracias a Dios que tenía a Charlie. Sin él, me daba miedo perder el juicio.

Saqué un bolígrafo del bolso y empecé a anotar nombres de sospechosos en la parte de atrás del recibo de mi mono de camuflaje. Era divertido, ¿no, Walter? Mi instinto (algo que las instrucciones para escribir género de misterio no tenía en cuenta) me decía que necesitaba seis nombres. Sentí que uno debía de ser una especie de monstruo, algún espíritu maligno, algo oscuro e irritado que saliese reptando de las sombras, una invención llena de furia que representase el oscuro subconsciente de toda la humanidad. Los pinares eran un territorio óptimo para un personaje así. Mientras escribía *ghoul,* que significa «espíritu maligno», se me ocurrió que podría llamarlo Ghod. Sería más como un montón de baba y nervios, y me sentí muy inteligente por ver el sutil significado del nombre tan cercano a *God*, Dios en inglés. Se me iba a dar bien aquello, pensé, pero no tenía que confiarme demasiado. Una detective demasiado confiada podría malinterpretar las pruebas. Quizá vería solo las pistas que la llevasen a la solución que se le ocurrió primero. Y quería que me sorprendiese lo que descubriera. No era una sabelotodo como Walter. *Intentar sorprender al lector al final, pero siempre jugando limpio.* Ah, jugaría limpio, pero jugaría el juego en mis términos. Seguiría mis propios caprichos e inclinaciones. Aquella era la vida que quería: una vida libre, sin expectativas. Era lo justo.

Seguía necesitando un protagonista masculino fuerte. Alguien de entre cuarenta y cinco y cincuenta años, una especie de Harrison Ford. Siempre había creído que Harrison Ford se parecía un poco a Walter: guapo, fuerte, vulnerable y sensible, un hombre con una sensibilidad intuitiva, un adivino del pensamiento o algo así, alguien con éxito, bien plantado, distinguido. Esa clase de hombre que se sale siempre con la suya. Mi Harrison Ford podría ser un propietario avaricioso, haría tratos burdos en callejones oscuros o en las trastiendas de los clubs de jazz, aunque siempre con los más altos valores morales, siempre con buen corazón. Y tendría una cuadrilla de subalternos bondadosos a su entera disposición. Su personal, por así decir. Tratar con aquellos subalternos quizá complicaría mi reparto de personajes, así que decidí que nada de subalternos. Walter tenía un solo subalterno en cualquier momento dado: una asistente de investigación, siempre mujeres jóvenes.

No llamaría «Harrison Ford» al personaje de Harrison Ford, sería difícil separar al real del imaginario, sino «Henry». *A propósito de Henry* era el punto de referencia perfecto para aquel personaje. Alguien que en su momento había sido implacable, egoísta, un narcisista, pero se redime gracias a una tragedia súbita. Quizá había perdido su fortuna y ahora se veía obligado a trabajar en la ferretería. O simplemente frecuentaba la ferretería de Bethsmane, porque era fontanero o contratista o carpintero. Como fuera, sabía que allí lo encontraría.

Hice que la bibliotecaria me imprimiese una copia del cuestionario de perfil del personaje. Parecía un poco fastidiada.

Hice clic en todas las X de mis ventanas de internet. Había más gente en la biblioteca en ese momento. Se acercaba la hora de comer. Me miré por última vez en el reflejo del oscuro plano astral de la pantalla del ordenador. Allí estaba. Era la misma de siempre, solo que ahora flotaba en el abismo digital como una gran vidente o un dios o solo una idea.

Recogí mis cosas, aferré los papeles contra el pecho y me di prisa en volver al coche. Me di cuenta de que Charlie estaría cogiendo frío y se sentía triste tan solo.

No nos paramos a pasear por el pueblo. No me pedí mi dónut y mi café habitual. Corrimos a casa, teniendo presente la comisaría de Bethsmane en la curva de la carretera cerca de Twelven Creek. No quería llamar la atención. Ya sentía un cambio en la atmósfera. Cuando se interrumpen las costumbres de alguien, aunque sea un poquito, en un pueblo pequeño se nota y alguien se puede dar cuenta.

Charlie salió de un brinco del coche en cuanto paramos en el camino de gravilla y abrí la portezuela del copiloto. Casi me dislocó el hombro, porque tenía el brazo como enrollado en la correa. No me considero una señora mayor, pero a mi edad corro el riesgo de padecer ciertas dolencias. Se supone que tengo que tomar ácido ibandrónico una vez al mes, pero no lo hago. No me costaría nada tragármelo por la mañana y caminar durante la hora que se supone que tienes que caminar para que el cuerpo absorba el medicamento, pero de algún modo me parecía antinatural, como veneno. No me fiaba. Me daba la sensación de que en realidad los productos químicos del medicamento me sacarían el calcio de los huesos. Quizá fuese en honor al terco rechazo que tenía Walter por cualquier fármaco sofisticado. Cuando le salió el cáncer, le echó la culpa al Pepto-Bismol.

Para el almuerzo hice café y unté con crema de cacahuete otro *bagel*. No me apetecía cocinar. Me di una larga ducha caliente, pensando en el trabajo que tenía por delante. Hasta el momento solo tenía dos sospechosos: Ghod y Henry. Para cuando me volví a vestir, se estaba poniendo el sol. El tiempo se había esfumado. Llamé a Charlie para que entrase.

No me había aburrido para nada aquel invierno. El aburrimiento ni se me había pasado por la cabeza. Para mantenernos limpios y confortables a Charlie y a mí, había tenido que trabajar mucho, que siempre hubiese leña en la estufa, limpiar las cenizas, barrer el suelo, tapar las corrientes de aire de las ventanas con paños de cocina. Todos los días trazaba con una pala una senda a través de la nieve nueva hasta el lago, hasta donde caminaba y dejaba que Charlie masticase la superficie congelada. Dentro de casa había que preparar el té, volver a encender el fuego. Antes de que nos diésemos cuenta, el sol se había puesto y estábamos exhaustos. Casi no podía siquiera tomarme una copa de vino y abrir un libro antes de quedarme dormida en el sofá; los pinos oscuros se quedaban borrosos con la nieve barrida por el viento, y luego todo se oscurecía y el fuego crepitaba suavemente y Charlie se adentraba unos pocos metros a hacer sus cosas y luego volvía a entrar corriendo y subíamos y nos metíamos en la cama y el día se había terminado. Éramos como osos hibernando de noviembre a marzo. En abril las cosas empezaron a derretirse. Charlie y yo estábamos bien. Habíamos capeado las tormentas. Pero ahora, con el misterio de Magda por resolver, mis costumbres invernales parecían patéticas y mundanas. ¿Cómo había soportado vivir todo aquel aburrimiento? ¿Cómo no me arranqué el pelo ni empecé a actuar como una loca, a hablar sola, a caminar de un lado a otro, a hacerme amigos de nieve? Tenía que agradecerle a Charlie la cordura, supongo. Cuando él tenía sueño, yo tenía sueño. La somnolencia ocupaba el espacio mental que compartíamos. Era como si nos tomásemos una pastilla las tardes de invierno. Una taza de té, una visita rápida al bosque y al baño y nos apagábamos como dos velas derretidas.

Ahora los días eran más largos. El cielo se volvía naranja y rosa. Amarillos espléndidos y trazos violeta se reflejaban en el lago. Los árboles negros de mi isla se balanceaban como marionetas en el viento. Me imaginaba las manos de Dios tirando de hilos invisibles. Quizá Walter estuviese allí arriba con Él en el cielo.

—Cuando dejes esta Tierra, lo conocerás —decía el padre Jimmy.

Chasqueé la lengua. No eran más que tonterías, ¿verdad? Lo real era lo que estaba aquí abajo, en la Tierra. El mundo de la naturaleza y sus milagros, eso era Dios. Había tanta alegría aquí abajo, tanto por descubrir. Y ahí estábamos mi perro y yo, con la lámpara proyectando su cálido resplandor sobre la mesa, una taza caliente de café recién hecho. Rara vez tomaba café de noche, pero quería estar espabilada. Mi copa de vino habitual me daría sueño. Hasta encendí una vela, como había hecho muchas veces en invierno para crear ambiente. Pero ahora la encendí para concentrarme: una vela encendida agudiza la mente. Eso hacía Walter cuando se quedaba trabajando hasta tarde, escribiendo sus casos prácticos, haciendo lo que fuese que hacía. Bajé la radio, saqué mis fotocopias, puse a un lado el recibo de mi mono de camuflaje para la oscuridad y me puse a trabajar en mi cuestionario.

Tres

Nombre: Magda.

Sin apellido. Me gustaba que fuese solo Magda, un nombrecito flotando en el viento suave del bosque de abedules. En ese sentido, era mi Magda. Yo la había descubierto. Y si el pasado era verdad y contenía cierta verdad, el pasado de Magda me correspondía descubrirlo y saberlo a mí, y sentía que ya la conocía muy bien. Lo único que tenía que hacer era pensar.

Edad: 19.

Todavía era una niña, razoné, aunque lo bastante mayor para tener unas cuantas cicatrices, unas cuantas historias. Tenía un espíritu juvenil. Aunque tuviese veinticuatro años, seguiría sintiéndose de diecinueve. Y si alguna vez se quedaba embarazada, iría donde había ido la pareja de la biblioteca a que le aspirasen el bebé, a que lo destruyesen y se deshicieran de él. No tendría reparo en hacer algo así, pensé. Qué lástima, qué vergüenza. Quizá su asesinato fuese la retribución de Dios. Pero, ay, bueno, Magda no querría que un bebé le arruinase la vida. No querría la obligación de un hijo o de su padre ni tener que pasarse los días dándole cucharadas de puré de zanahorias a una criatura que solo sería medio suya. La otra mitad, asumí, habría sido un error. Huiría antes de implicarse demasiado. Se iría de Levant, iría al sur, donde había gente como ella, inquieta, avispada y atrevida. Ese era el problema de Levant. Nadie tenía inquietudes. Todo estaba fijado según la costumbre. Todo lo que se saliera de lo ordinario se rechazaba o se ignoraba. Nadie se había molestado en hacerse amigo mío en el lago. Tenía vecinos a menos de un kilómetro por la costa del lago. Me habían saludado con la mano una sola vez cuando me crucé con ellos en mi barca de remos. Y la forma en que me saludaron fue como diciendo: «Esta es nuestra propiedad. Vete, fuera». Solo quería explorar un poco. Solo quería saber cómo tenían puestas las cosas. Por lo que pude ver, había un varadero hundiéndose sobre pilares de madera podrida, una puerta trabada pero colgando hacia abajo y abierta, así que pude ver un poco la oscuridad que había dentro. Y su casa, situada lejos del agua, estaba escondida entre los árboles, unos pinos oscuros. Había un pequeño embarcadero en la propiedad, y allí es donde estaban los vecinos, los dos con albornoces, de pie, mirando el agua. Parecieron sorprenderse al verme por cómo el hombre tendió la mano para impedir que la mujer hablase, luego señaló en mi dirección, donde yo estaba, a veinte metros dentro del agua. El hombre iba sin afeitar, la mujer tenía el pelo muy cardado y parecía enferma. Los saludé con la mano, pero se dieron la vuelta y subieron andando por el embarcadero y desaparecieron rápidamente entre sus pinos. Fue raro. No creo que tengan niños. Había visto unas cuantas veces su enorme furgoneta negra girar antes que yo en la ruta 17. Si hubiesen conocido a Magda, les habría caído bien. Yo no les caía bien.

Una descripción física general de Magda me costaría un poco de trabajo. Había sido capaz de imaginarme su cadáver con bastante facilidad y a partir de eso pude deducir ciertos hechos irrefutables, pero su cara seguía oculta.

Descripción física general: atractiva, cara inusual debido a su herencia étnica.

A algunos les podría parecer demasiado inusual, sobre todo porque estaba enmarcada por su larga y sedosa melena negra, tan suave, tan fina, que le colgaba a ambos lados de la cara como el marco de un cuadro. Su cara exhibida así se volvía más extraña y tierna. Tenía la piel pálida, pero no pecosa ni harinosa. Era casi gomosa. No se le veían poros. Me imaginaba que tenía una nariz un poco respingona, grande. ¿Y los ojos verdes? ¿Marrones? Eran ojos estrechos, inescrutables. Verdes, sí. Labios rojos como bayas cuando estaba viva, pero ahora estaban pálidos, blancos por la muerte, escamados, apretados contra la tierra. Me imaginaba su cara con un poco más de claridad desde la perspectiva del suelo bajo ella. Llevaba mucho maquillaje en los ojos. Mucho delineador negro, pestañas postizas y máscara que convertía sus ojos en tarántulas. Ella creía que la hacía parecer dura. Tenía el mentón grueso, un poco de papada que odiaba. Creía que la hacía parecer gorda. Se la señalaría frente al espejo en el colegio y les diría a sus amigas: «Estoy muy gorda». Y sacudiría la pequeña bolsa que se le formaba ahí. Pero no estaba gorda. Para nada. Era un poco más alta que la media, uno setenta y cinco, uno ochenta, quizá, pero iba encorvada, una postura tanto de timidez como de rebeldía. A Magda no le importaba la popularidad. Le preocupaba más el poder en el sentido místico, quizá, o sexual. Era femenina, refinada, pero era dura. Tenía una intensidad de estilo masculino. Hombros varoniles, me imaginaba. Tenía los dedos largos y una elegancia en las manos y en las muñecas largas y finas. Podría haber tocado el piano. Si no fuese por los hombros, podría haber hecho *ballet*. Pero los hombros los tenía anchos porque encorvaba la espalda. Si se pusiera derecha, sería alta y preciosa. Quizá si se hubiese quedado en Bielorrusia, se habría esforzado en trabajar aquella postura y habría terminado en Moscú, a estas alturas estaría bailando en el Bolshói y no muerta, boca abajo y casi olvidada aquí en Levant. Los niños estadounidenses eran muy perezosos. Veía a los pequeños arrastrados por el supermercado de Bethsmane, casi no podían seguirles el paso a sus madres. La mayoría se sentaba en el carrito, con sus piernas regordetas pellizcadas por las varillas metálicas, con las bocas manchadas de rojo de un polo helado, o las manos y las caras embadurnadas de chocolate. Magda no había sido como aquellos niños. No la habían educado para ser una perezosa. Era una rebelde. Se vestía como un chicazo. Llevaba la laca de uñas descascarillada. No se depilaba las cejas, sino que se las afeitaba completamente y luego se las dibujaba con un delineador marrón. Eran curvas finas, muy arqueadas, raras, enfáticas.

Todos los veranos, una agencia de empleo enviaba a grupos de adolescentes desde Europa del Este a trabajar en las cajas de los restaurantes de comida rápida de la carretera principal, para hacer frente a todos los turistas que iban en coche al norte del estado a ver las cascadas o el océano o los parques. Todos hablaban un inglés perfecto, mejor que el de los locales. Quizá Magda había sido uno de aquellos trabajadores de comida rápida y se había quedado más tiempo del marcado en su permiso de trabajo y había estado viviendo en la clandestinidad, escondida, trabajando por muy poco dinero en negro como cuidadora a domicilio de algún viejo senil. Aquello me parecía que tenía sentido, así que quedó decidido.

Lugar de origen: Bielorrusia.
—Son tiempos difíciles.
Quizá Blake era amigo de Magda y había convencido a su madre para que le alquilase un cuarto en su casa. Quería ayudarla. Ay, quizá estaba enamorado de ella. Pero era demasiado joven para eso. Tenía solo catorce años. Apenas había empezado a salirle vello en las axilas. Nunca había besado a ninguna chica, pobre Blake. Pero debía de ser un chico especial para interesarse por Magda. Debió de haber entendido su situación con el permiso de trabajo y que volver a casa con su familia era muchísimo peor que cualquier destino posible en un sitio como Bethsmane o Levant. Blake debía de haberle servido de tapadera en algunos casos, con la policía, o para indagar en instancias superiores, como la agencia que la había contratado. Por eso no podía montar un escándalo con su muerte. La estaba protegiendo. Ella le había hecho jurar el secreto:
—No puedo volver a Bielorrusia. Es horrible. Mi padre es alcohólico. Nos pega a mí y a mis hermanas. Por favor, ayúdame. Mira, tengo dinero ahorrado de trabajar en McDonald's.
¿Cómo podía negarse Blake?

Lugar de residencia: un cuarto alquilado en el sótano de la madre de Blake.
Me imaginaba la casa en una carretera secundaria de la ruta 17, justo sobre la vía de Bethsmane. Una casa de una planta con listones de madera, un garaje destartalado, un campo de hierba silvestre, una cerca de alambre oxidado rodeando un bosquecillo de pinos en la parte trasera. Sabía que era afortunada de tener

93

mi sitio en el lago, lejos de aquella clase de escoria. Mi propiedad era rústica, por supuesto. Era apta para vivir en ella, estaba aislada, y cuando la compré me dijeron que se podían hacer mejoras en las cañerías, pero no me había parecido necesario. El inodoro que me sugirieron era de los que prenden fuego al contenido. Me dijeron que sería mejor para el medio, ya que las cañerías se vaciaban en el suelo. Miré otras cabañas antes de mudarme a Levant. En una foto que me mandó el corredor de fincas se veía una casa de campo muy deteriorada. Habían arrancado todo el cableado y las tuberías, y las raíces de un árbol atravesaban los cimientos de medio piso de ladrillo alrededor de la casa. Bethsmane era pobre y Levant era todavía más pobre. Vi muchas casas con tablas de pino sobre las ventanas, con planchas de metal cubriendo los revestimientos arrancados por las tormentas y toldos azules tapando los tejados desmoronados. En esas condiciones estaría la casa de la madre de Blake, me imaginaba. Quizá el banco la había estado amenazando con embargarla y por eso no le había quedado más remedio que dejar que Magda le alquilase el sótano y mantenerlo en secreto.

—No se lo digas a nadie o tendré que declararlo —diría la madre de Blake—. Nadie puede saber que estás aquí.

No me hacía una idea de las tarifas de alquiler en un sitio como aquel. ¿Cien dólares era mucho o poco por un cuarto en un sótano con una cama y una cómoda en una casa barata en aquel sitio que era como ninguna parte? No tenía ni idea. Podía hacer un cálculo según el salario que ganaría Magda trabajando en negro como cuidadora del viejo senil. Era un trabajo duro y la mayoría no se podía permitir contratar a cuidadores profesionales o vivir en una residencia de ancianos con cuidados constantes. Suponía que a una muchacha como Magda la podrían convencer para cobrar algo así como seis dólares la hora. Seis con cincuenta, quizá. Si trabajaba cuarenta horas a la semana, sacaba doscientos cuarenta dólares. Según Walter, el alquiler debería ser una semana de sueldo. Para Magda, desesperada como estaba y desesperada como estaría la madre de Blake para cubrir los plazos mensuales de la hipoteca que sería cuánto, ¿cuatrocientos dólares?, suponía que le cobraría a Magda doscientos dólares al mes por vivir en el sótano, servicios incluidos, pero sin la comida. Quizá Blake le bajaba a hurtadillas un bocadillo de vez en cuando, pero eso no le gustaría a su madre. Shirley. Ahora me la imaginaba, con la mirada fría pero de modales agradables. Probablemente trabajaba en atención al cliente o como teleoperadora. Había un centro de atención telefónica en Highland. Se le daría bien. Se le daría bien sonar y comportarse como si no hubiese nada raro o incorrecto, ningún problema. Nos estamos ocupando de todo, todo es maravilloso. Estaba muy contenta de no tener teléfono.

El sótano, donde Magda dormía y pasaba las tardes libres y los fines de semana sola, acurrucada bajo la colcha, subsistiendo a base de aperitivos de la tienda (chocolatinas Hershey, patatas fritas), apenas era lo que yo llamaría «residencia». No residía allí. Era como si estuviese esperando una sentencia. Me sentí mal por ella. Si hubiese sabido que se había pasado todo el invierno muerta de hambre y temblando como una brizna de hierba en la escarcha, la habría acogido. Por lo poco que sabía de ella, ya me gustaba. Podríamos habernos hecho compañía la una a la otra y a Charlie le habría encantado también, después de la oleada inicial de celos. Creo que habría apreciado mi amabilidad. Habríamos construido un hogar juntas, echándole leña al fuego, cocinando, durmiendo la siesta por las tardes. Podría haberme apoyado la cabeza en el hombro mientras lloraba, y yo le habría acariciado el pelo negro sedoso y le habría dicho que todo saldría bien, y quizá ahora no estaría muerta. Quizá estaría ahí fuera, remando por el lago, saludándome y sonriendo, iluminada por la puesta de sol, con la cara como un rayo de luz dorada, como si fuese un ángel, una especie de chica mágica. Pero no, estaba desterrada en aquel sótano. Allí abajo estaría oscuro, habría una bombilla desnuda colgando de un cable y quizá una lamparita que Magda había conseguido en un rastrillo por diez centavos, de esas que se enganchan al libro para poder leer en la cama sin molestar a tu marido. Yo había tenido una de esas. A Walter no le gustaba. Creía que estaba alborotando solo para llamarle la atención.

—Si quieres leer, lee, ¿por qué tienes que hacerlo a escondidas?

No se enfadaba de verdad, solo me provocaba, porque yo siempre andaba aterrada con que había secretos entre nosotros. Siempre tenía la sensación de que me estaba escondiendo algo.

—¿Había mucho tráfico dónde? ¿Y por qué? ¿Algún accidente? Descríbeme el coche. Descríbeme la escena. ¿Cuánta luz había cuando te fuiste de la oficina? ¿Lo ves? ¿Lo ves? Me preocupo. Necesito saber esas cosas.

Me habría preocupado de la misma manera por Magda. Me habría pasado toda la noche levantada esperándola, también, si ella hubiera salido. Le habría preparado una cama en el sofá. Nunca me sentaba en él. Usaría el rodillo para quitar todos los pelos de Charlie y le conseguiría una buena almohada con relleno de plumón. Me apuesto lo que sea a que nunca ha tenido una almohada tan buena, pobre chica. Era una especie de Cenicienta en el sótano de Shirley. Era una crueldad. Estaba pagando por aquel infierno de mala muerte y ¿para qué, para no volver a Bielorrusia? ¿Para tener libertad aquí? Aquello no era ninguna libertad, no. Algo horrible le tenía que haber pasado en su casa para que quisiera quedarse aquí, conociendo solo la autopista y los bosques, el trabajo de verano en McDonald's. Quizá unas cuantas fiestas, beber cerveza barata, nadar desnuda eran toda la diversión que tenía por aquí. Ni siquiera había una alfombra en el suelo duro de cemento del sótano de Shirley, solo unas cuantas cajas de cartón hundidas con las pertenencias inútiles de su marido muerto: una afeitadora eléctrica anticuada, corbatas anchas de poliéster, un clip para sujetar billetes, zapatos de cuero falso, tan duros y puntiagudos que te cortaban los pies. Su traje barato estaba allí abajo. Shirley lo guardaba para que Blake tuviese algo que ponerse en su graduación. ¿Podían ser así de pobres? ¿Así era la vida? Por mucho que me quejase de que Walter me dejaba sola de noche en Monlith o de que viajaba demasiado, siempre había dinero. Siempre había calefacción y alfombras bonitas y toallas esponjosas, comida en el frigorífico, un periódico en el escalón de la entrada todas las mañanas y de vez en cuando recibía un abrazo. En invierno tenía un armario entero lleno de cosas abrigadas que ponerme. Y la pobre Magda no tenía nada. Solo aquellas zapatillas de tenis destrozadas. Los inviernos eran muy fríos en Levant. Quizá cuando la temperatura caía hasta bajo cero, Magda desenterraba las cajas húmedas y sacaba los pantalones y la chaqueta del muerto para entrar en calor acurrucada bajo la manta, que probablemente fuese una de aquellas de crochet que tejían las viejas, llena de bolitas y tiesa y fea y llena de agujeros. ¿No se deprimía allí abajo? Bueno, Magda era fuerte. Se empeñaría en pasárselo bien. Me imaginé que tendría algún tipo de equipo de música, uno de esos reproductores pequeños con auriculares de espuma. Quizá escuchaba la radio, igual que yo. Al padre Jimmy. La radio pública. La música mala de la emisora de la universidad. Me la imaginaba meciéndose en la cama, comiéndose sus galletitas de crema de cacahuete o sus nachos y mirando las ventanitas que estaban arriba, justo debajo del techo bajo del sótano, sobresaltada de vez en cuando por los golpes metálicos de la estufa de aceite o de la cisterna o por los pasos pesados de Shirley al cruzar la sala de estar en la planta de arriba. Debe de haber sido horrible vivir en casa de otra persona así, como Anne Frank. Horrible, horrible.

Charlie, al sentir mi malestar, se levantó del suelo en el que había estado acurrucado a mis pies y me puso la cabeza en las rodillas.

—¿Tienes que ir al baño, Charlie?

¿Tendría el sótano de Shirley un inodoro siquiera? Me imaginaba que Magda, como un prisionero del tercer mundo, hacía sus cosas en un cubo y esperaba que la familia estuviese fuera de casa para llevarlo escaleras arriba y vaciarlo en el baño de Shirley. Si Magda era tan dura y divertida como me estaba imaginando, si era así de interesante, guardaría un poco de lo que había en ese cubo y lo usaría para ponerle a esa malvada Shirley un poco de pipí en su leche desnatada especial. O metería el cepillo de dientes de Shirley en el pipí. Un copo de excremento enclavado entre las cerdas. ¡Ja, ja! Casi me reí al imaginarme el tipo de venganza tonta que se le podía ocurrir. Aquello era bastante mezquino. ¿De dónde había sacado

98

aquella actitud? Quizá a su padre le gustaba hacer bromas desagradables. Quizá ella seguía aquella tradición.

Aquel padre. Me lo podía imaginar. Era como el mío: de estatura media, panzón, con jersey con estampado de cachemira y bufanda, las mejillas grandes tapadas por los bigotes blancos, la barba anaranjada por el tabaco, siempre con un periódico en la mano, no para leerlo sino para pasearlo mientras caminaba por el vecindario, como para que pareciese (cuando se topaba con un vecino) que iba de camino al parque a fumar su pipa y leer el periódico, aunque nunca llegaba al parque. Se limitaba a caminar y dar caladas, parándose con quien se encontraba por la calle que pudiese echar el rato, hablar de cosas, compartir noticias, alardear de sus hijos, quejarse por el estado de las cosas y demás. El padre de Magda era así, solo que siempre tenía algún chiste guarro listo para soltarlo en el último momento. Como todos los comediantes, era depresivo. La gente más divertida siempre lo es. Probablemente se tiró de un puente o se colgó del armario. Quizá por eso Magda se dio tanta prisa en firmar el trabajo de verano en la comida rápida cuando el representante visitó su instituto. Una razón más para no querer volver a casa. «Mi padre nos pega a mis hermanas y a mí.» Era una mentira razonable. Blake sentiría más compasión por ella si había alguna amenaza efectiva. «Mi madre no hace nada por protegerme.» Pobre Magda. Con padres así, yo también me escondería en un sótano.

Familia: no la apoya.

Ahora los amigos. Debe de haberse hecho amiga de los demás adolescentes de Bielorrusia que vinieron a pasar el verano en el McDonald's de la ruta 17.

Me imaginaba que la organización los hacía quedarse en algún edificio sin usar, quizá un chalet de esquiadores arriba en las montañas, vacío durante el verano, y que hacían que algún viejo local los llevase y los trajese del trabajo en un autobús escolar retirado de la circulación, aunque me parecía improbable. Y que se alojasen con familias habría requerido muchas comprobaciones, demasiadas exenciones, demasiadas cosas que podían salir mal con las familias locales. Puede que incluso los hicieran acampar al aire libre. Los meses de verano en Levant eran ideales para dormir al aire libre. Mis primeras noches en la cabaña había dormido en el sofá con las ventanas abiertas. Hasta había pensado en sacar una manta a la hamaca y dormir bajo las estrellas. Quizá la agencia de empleo para McDonald's de Bielorrusia escondía a los trabajadores adolescentes en los pinares y, de hecho, los recogían y dejaban a un lado de la carretera. Estarían demasiado lejos para que viniese nadie a quejarse de los extranjeros, los forasteros, los chicos raros. Y el lago los tentaría. «Venid a Estados Unidos, os quedaréis en un complejo rústico local, trabajaréis en un restaurante limpio, practicaréis inglés, llevaréis un uniforme bonito, haréis amigos, lo pasaréis bien.» Podrían haberse tropezado con mi cabañita junto al lago, hacer fiestas, refugiarse de los bichos. No había visto ninguna señal de allanamiento. Cuando me mudé a la cabaña, estaba vacía salvo por el viejo frigorífico, la mesita pintada de verde *scout* y los restos de lo que podría llamarse un mural, pequeños estarcidos blancos de chicas zambulléndose y bailando y disparando flechas con arcos. Si los adolescentes de Bielorrusia habían estado allí, tendrían que haber dormido en el suelo. Me imaginaba sus toallas llenas de moho secándose en la cuerda entre los árboles, a un grupo de ellos con su ropa interior pasada de moda empapados de agua del lago, mirando fijamente las cuerdas rotas y podridas del viejo columpio. Probablemente les estarían saliendo granos a todos y estarían aumentando de peso por toda la comida de McDonald's que estarían comiendo. O quizá no comían nada de eso. Quizá había alguna norma para que no comieran. Si comían aunque fuese una patata frita, el encargado los amenazaría con mandarlos a casa.

Magda se habría confiado a por lo menos uno de aquellos adolescentes: «No voy a volver a Bielorrusia. Me escaparé. Si me buscan, decidles que me subí a un autobús, me fui de paseo, me fui a California, lejos. No estoy aquí». Y el día que vino a recogerlos la furgoneta para el largo viaje hasta el aeropuerto, de vuelta a Bielorrusia, de vuelta al instituto, ahora morenos y con unos cuantos dólares estadounidenses en el bolsillo, Magda hacía tiempo que se había ido. Pero ¿por qué se había quedado en Levant? ¿Qué la retuvo aquí? Podría haber hecho autostop fácilmente, subirse a un autobús incluso con sus exiguas ganancias. Debía de haber algo o alguien que la ataban aquí. Me la imaginaba ahora, sentada en el suelo de la cabaña con la espalda contra la pared, frente a mí, fumando un cigarrillo enfundada en su beisbolera, que ahora sabía que debía de haberse comprado en la tienda de segunda mano de Bethsmane. No se había traído ropa de invierno de su casa. Me miraría encogiéndose de hombros como diciendo «¿Qué quieres saber?».

Blake te debe de haber parecido una molestia, alguien a quien tenías que entretener de vez en cuando. No era más que un niño que te admiraba, ¿no es cierto, Magda? ¿Le dejaste que pensara que, en cuanto fuese mayor, los dos tendríais una especie de romance?

Otra vez se encogería de hombros.

¿Mandaste una nota con tus amigos de Bielorrusia: «Dadle esto a mi padre»?

Escuché su voz en mi espacio mental.

No intentéis encontrarme. Estoy muy lejos y no volveré a casa nunca. Adiós para siempre.

No podía pensar en lo que haría la madre de Magda cuando se enterase o lo que diría la agencia de empleo. ¿Estaría involucrada la policía de Bielorrusia? ¿Habría una investigación? ¿Una denuncia de persona desaparecida? Lo dudaba. La empresa recibiría muchas críticas. ¿Y qué importaba, una sola chica? Dejad que se vaya. Dejad que se divierta, que viva su vida. La madre es probable que asumiera que se había ido con algún viejo rico. Al infierno con Magda, diría la madre. Tengo otras hijas. ¿Qué otra cosa podía hacer? ¿Llamar a un abogado? Psé. ¿Quién podría culparla por no perseguir a Magda? Estaba la nota. *No volveré a casa nunca. Adiós.*

Amigos: todos en Bielorrusia.

Uno de ellos tendría que haber entregado la nota de Magda a su madre en persona. La pasó por debajo de la puerta del apartamento.

No intentéis encontrarme. Estoy muy lejos y no volveré a casa nunca. Me he ido. Adiós.

Chasqueé la lengua. Charlie volvió a poner la cabeza en mis rodillas.

—No te preocupes, pequeño. Está en un sitio mejor.

Qué tontería mentirle al perro como se les miente a los niños para protegerlos de la cruda verdad. El cielo no estaba hecho para mí. El cielo era para el padre Jimmy y sus feligreses, esparcidos por el territorio hasta donde llegaba la señal de radio, y para mi Charlie, para esas pequeñas almas crédulas. Walter no estaba en el cielo, eso lo sabía. Estaba muerto. Lo único que existía de Walter eran sus cenizas. Volví a pensar en aquella urna, en cómo todavía no había conseguido sacarla en la barca de remos y tirar las cenizas al lago y terminar con aquello de una vez por todas. Me recorrió un escalofrío al pensar en hacerlo entonces, de noche, bajo la tenue luna que flotaba en el cielo como un reloj. La noche había caído mientras estaba escribiendo y pensando. Sorbí el café, frío y amargo. Volví a leer la nota de Magda. *No intentéis encontrarme.* Charlie me dio con la pata en la pierna, hambriento, solté el bolígrafo y fui hasta el frigorífico, mis pasos crujían fortísimo por la cabaña en silencio. Miré al jardín, me imaginé las semillitas excavando, buscando calor en la tierra. ¿Las había plantado correctamente? El pollo estaba en el frigorífico, crudo y muerto, y no me sentí con ganas de asarlo. Abrí una lata de lentejas, las puse en un cuenco para Charlie y coloqué el cuenco en el suelo. Me miró como si le acabase de dar una patada.

—Lo siento —dije, y me serví un vaso de agua.

Estaba helada y tenía un extraño sabor acre que me recordaba de manera sutil a la loción de afeitado de Walter, pero me obligué a bebérmela. Cogí una manzana de la mesa. Charlie me siguió, pero le señalé el cuenco.

—Mañana te haré pollo. Cómete las lentejas o acuéstate con hambre.

Estado civil: soltera.
Aquella era fácil. No podía estar casada y, si antes había tenido novio, ya no lo tenía. Estaba muerta, al fin y al cabo. Pero si había tenido novio mientras estaba viva aquí en Levant, me imagino que habría sido una situación bastante problemática. Me imaginaba

que tenía dos amantes, de hecho. Uno joven, guapo, de personalidad y cuerpo dúctiles —con músculos definidos y flexibles, quiero decir—, con una cara ancha extraña, aunque delgado, incluso desgarbado, sin el cuerpo lleno del todo. Ajá, asentí. ¡Otro sospechoso! Tendría un nombre un poco arcaico pero tonto. Leo. «Leonardo», lo llamaría Magda. Seguía siendo un niño, no podía ofrecerle más que afecto y ternura, besos dulces. Magda sería mucho más madura que él. Ah, aquello podría haber puesto celoso a Blake si se hubiese enterado. Magda no quería hacerle daño a Blake, así que tenía que haber sido discreta. Su novio y ella tendrían un lugar de encuentro privado, un lugar insólito y romántico. ¿El bosque de abedules, quizá?

—¿Qué son estos moretones? —le preguntaría Leo, mientras le besaba el cuello como a un cervatillo.

Era una muy buena pregunta.

Debía de haber otra persona, un amante más brutal, alguien con quien Magda estuviese en deuda, alguien que conocía su condición secreta como polizona, fugitiva, inmigrante ilegal, prófuga, y que usaba aquella información como un hacha que llevaba sobre el hombro, lista para blandirla sobre ella en el momento en que lo rechazase. Pero ¿quién haría eso? Alguien que no estuviese bien de la cabeza. No es que fuese malo exactamente, solo estaba enfermo de amor. Desesperado por que Magda se quedase cerca de él. Quizá fuese el hijo del viejo que Magda cuidaba a cambio de dinero. Me lo podía imaginar: Magda limpiando diligentemente la mesa de la cocina después de que el viejo se hubiese tomado su sopa, Henry volviendo a casa, con un fuego vivo ardiéndole en las entrañas después de un duro día de trabajo. Y se tiraría encima de Magda, arrinconándola. Y, aunque ella al final se sometería, siempre habría un debate, ajustes de cuentas, la promesa de que si no oponía resistencia, él le pagaría el salario, la dejaría irse, no diría ni pío a las autoridades. Magda estaba a su merced y, sin embargo, de alguna manera, me daba también la sensación de que Magda disfrutaba de su parte del arreglo. Quizá fuese solo porque le daba libertad: efectivo para gastos en el bolsillo. ¿Quizá fuera solo eso?, me pregunté. Quizá fuese el tipo de chica que se metía en cosas oscuras y sucias, que disfrutaba de algún tipo de intimidad dolorosa, forzada no contra su voluntad sino por elección a someterse al hombre. Quizá no era tan horrible como me lo estaba imaginando. Quizá en realidad él era como Harrison Ford, como Walter, pero su incapacidad se lo ponía difícil. Y a Magda le atraía la vulnerabilidad. Pobre Henry. Pobre Magda. Me pregunto si harían el amor allí en la mesa de la cocina mientras el viejo miraba y babeaba sobre el regazo, en sus pantalones. Dios mío.

Relación con los hombres: complicada.

Relación con las mujeres: suspicaz.
No podía olvidarme de Shirley. Me preguntaba cómo vería la mujer de la casa a la muchacha del sótano. Magda no era tan guapa como para provocar la clase de resentimiento que las mujeres maduras pueden llegar a sentir por las adolescentes sensuales. Nunca había estado celosa del aspecto de ninguna jovencita. Para mí era como ver una ardillita bonita. Esta tiene los ojos grandes, aquella tiene un canalillo encantador, etcétera, pero a algunas mujeres sí que les ofenden la juventud y la belleza. Bien por Magda, que solo tenía la primera. No es que no fuese atractiva. Creo que era muy atractiva, por su actitud. Y por su piel blanca cremosa, blanca como la nieve como se suele decir, como en el cuento

de hadas. Por un momento vislumbré a Magda como a Blancanieves, barriendo mi cabaña, con los pájaros posándose en sus hombros. Pero Magda no era tan alegre. Quizá eso era lo que la salvaba del resentimiento de Shirley: Magda era una amargada. Saber que estaba allí abajo, saber que debía de estar siendo explotada de alguna manera para poder pagar por su casita patética en el sótano, debía de haber inspirado un poco de culpa en Shirley. Era madre, al fin y al cabo, y quizá no le gustaba que Magda fumase allí abajo.

—Baja y dile que no quiero que mi casa huela a esos cigarrillos asquerosos —le diría a Blake cuando llegase a cenar; Shirley estaría en la cocina, revolviendo una olla de macarrones, con las mejillas altas rojas de rabia.

—Vale, mamá. ¿Quieres que se lo diga ahora?

—Bueno, no, ahora no. Luego. Y no se lo digas mal. Dile solo que sería mejor que fumase fuera. Y dile que es malo para su salud. Una chica de su edad, que todavía está creciendo.

Magda la asustaba. Eso es. Magda daba un poco de miedo. Era dura. Tenía mucho acento. Su voz, grave y ronca, la hacía sonar como un sicario. Me imaginaba a sus primos de Bielorrusia, altos, matones que andaban a zancadas con cazadoras de cuero feas, los hombros anchos, listos para darte golpes con un palo si insultabas a alguien de su familia. Magda sería como ellos si no hubiese nacido chica. Suponía que para que quisiera quedarse escondida en el sótano de Shirley en Levant, limpiándole las babas a un viejo y manteniendo relaciones sexuales con su hijo, la vida en Bielorrusia debía de ser bastante horrible. Gracias a Dios que salió de allí. Indignada, volví a darle la vuelta al cuestionario y releí la nota de Magda: *Adiós. No intentéis encontrarme. No volveré a casa nunca. Me he ido.* Y aunque sabía que la nota que había encontrado aquella mañana en el bosque de abedules no era así, parecía que las dos notas las podría haber escrito la misma persona. Y mientras Charlie me daba con las patas en los tobillos, me atreví a escribir una nota nueva.

Me llamo Magda, escribí. *Nadie sabrá nunca quién me mató. No ha sido Blake. Este es mi cadáver.*

Me levanté y cogí una manta del sofá y me la puse sobre los hombros. Me di cuenta de que estaba temblando. Deseé un cigarrillo de pronto, aunque hacía cincuenta años que no fumaba, desde que conocí a Walter y decidimos dejarlo juntos, él sus horribles puros, yo mis cigarrillos, lo que en aquel momento no me molestó en absoluto, eran como el aire, eran como mi oxígeno. Si me fumase uno en aquel momento, me daría vueltas la cabeza. Con solo un poco de humo de la estufa de leña me daba un ataque de tos. Quizá tuviese cáncer, pensé. Quizá me estuviese muriendo también.

Este es mi cadáver, pensé, mientras me volvía a sentar. ¿Quién me encontraría aquí, muerta en mi cabaña? Pobre Charlie, se moriría de hambre. Tendría que escaparse de alguna forma, perseguir ardillas. Quizá aprendería a atrapar peces con los dientes, aunque me preocupaba que las espinas pequeñas se le quedasen en la garganta y le hicieran daño. Al final vendría alguien y me encontraría, mi esqueleto desplomado sobre la mesa, con la nota enganchada debajo de los huesos de mi mano. *Me llamo Magda. Nadie sabrá nunca quién me mató.* Charlie me miraba desconsolado.

—Todavía no estoy muerta, Charles —le dije, mientras le acariciaba la cabeza y le despeinaba la oreja.

Lo escuchaba tragar y me volvió a dar una punzada de culpa mientras sostenía el lápiz entre los dientes ¡como una escritora de verdad! Freí tres huevos, eché dos en el cuenco de lentejas de Charlie y me comí el tercero directo del tenedor, soplando y dándole mordisquitos mientras volvía a la mesa, después me lo tragué casi entero.

Pasé las siguientes preguntas con mucha facilidad.

Trabajo: antes trabajaba en un restaurante de comida rápida; ahora, cuidadora.

Pasatiempos favoritos: fumar, escuchar la radio.

Me pregunté si Magda era de las que leían revistas de moda, de las que aspiraban a ser ricas y famosas. Quizá aquello también formaba parte del gran plan de esconderse en el sótano de Shirley. Estaba ahorrando dinero y luego se iría a Nueva York o a Las Vegas o a Hollywood. Me imaginaba a Magda mirando viejas guías de viaje de Miami, Florida, donde todo el mundo estaba moreno y llevaba bikinis de tiras y patines, había palmeras y tacos, todo el mundo era amigable, bailaba, todo estaba limpio, todo era rosa y el océano era cálido, muy tentador.

¿Por qué no habíamos ido Walter y yo nunca de escapada veraniega divertida? Porque Walter no era mucho de pasarlo bien. Le gustaban los horarios y el trabajo. Le parecía que la vida se usaba mejor siendo productivo. Concordaba con él en general cuando vivía y tenía mis días libres para hacer lo que quisiera. Hacía rompecabezas, leía algunos libros, recorría las tiendas y las cosas de Monlith, le decía «hola» a la gente que me conocía. Me paseaba por los parques públicos. Mi manera de andar por ahí era un poco como la de mi propio padre, esperando que apareciese alguien para entablar conversación, claro que aquello era en Monlith. La gente se aburría, sobre todo las mujeres. Magda querría emociones. Querría ir a Miami Beach y conocer a algún multimillonario de la costa. La veía con un bikini negro, con brillos, barato, la piel blanca, tan blanca que tenía que llevar un sombrero enorme para protegerse la cara. «El cuerpo es perfecto, pero la cara es un poco de lechón.» Bueno, a mí me gustaba la cara de Magda, la que veía cuando me la imaginaba aplastada contra el suelo blando del bosque de abedules. Era preciosa, en mi opinión, y cualquier viejo sería muy afortunado de pasar unos minutos en su compañía. Me pregunté hasta dónde llegaban las maquinaciones de Magda. Me pregunté también si se habría registrado en una de esas páginas web de novias rusas si hubiese vuelto a Bielorrusia. Pero entonces terminaría con un antiguo trabajador de una fábrica militar bajito y bizco, y tendría que vivir en algún sitio como Idaho. Solo con imaginarme los manteles individuales de plástico y la encimera de mármol falso de la cocina que tendría que limpiar con una esponja después de freír pollo para el hombre me hizo volver a repasar el cuestionario. *Nadie me encontrará nunca.* Bien. Eres libre, Magda. Nada malo te puede pasar ya. No puedes cometer ningún error. Todo lo que hagas estará bien.

Deportes favoritos: ninguno.
No de la manera en que la gente tenía equipos o jugadores de deporte favoritos aquí, al menos. La gente, los hombres y los niños sobre todo, aunque algunas mujeres también, parecían aliarse con los equipos como si fuese un asunto de orgullo personal. ¿Qué habían hecho aquellos gordinflones aparte de estar sentados mirando? ¿A qué habían contribuido aquellos gordinflones, aparte de comprar las bebidas para ver el deporte y presumir con sus amigos de que su equipo era el mejor? ¿Así es como se demuestra el

apoyo de verdad? ¿Ondeando una bandera? ¿Qué era el apoyo sino un deseo verbalizado? ¿Una mano en el hombro, como mucho? Cuando Walter murió, unos cuantos vecinos y algunos colegas de Walter pasaron por casa para ofrecerme su apoyo. ¿Cómo tenía que tomarme aquello? ¿Se creían que los iba a llamar diciendo «Estoy lista para el apoyo que me ofreciste, cómo me puedes ayudar»? No sabía cómo pedir lo que necesitaba. Ni siquiera sabía qué necesitaba. La universidad se había encargado del funeral, del entierro, de la recepción. La secretaria de Walter me había llamado con varias opciones para la urna. Por supuesto, aprobé la compra de la más cara. Me había presionado ella para que lo hiciera, pero no me habría sentido bien si hubiese elegido una barata (de acero mal pulido) o la más barata, que era de pino sin barnizar. Pero quizá el pino habría sido mejor, podría haber dejado la urna fuera para que se la comieran los ciempiés. Aquello era más civilizado que tirar las cenizas al agua y luego volver remando a la orilla con la urna de bronce vacía. ¿Con qué la rellenaría? ¿Con tierra del jardín? ¿Plantaría un bulbo de tulipán?

Comida favorita: pizza, melocotones, refresco de naranja.

Rasgo positivo de la personalidad más destacado: resiliente, autosuficiente, manipuladora.

Rasgo negativo de la personalidad más destacado: grosera, reservada.

Sentido del humor:
Como su padre, Magda encontraba el humor en la crueldad y en la estupidez, en las bufonadas. Se bur-

laba de la gente lenta, gorda y fea. Estaba llena de desprecio y arrogancia y empujar al barro a alguien que fuese impopular la hacía reír. En Bielorrusia la consideraban una matona, pero tenía que serlo. Tenía que ser dura, viniendo de aquella familia. No era blanda ni femenina, pero creo que por debajo de su apariencia endurecida, bajo la arrogancia, la suficiencia, la expresión rotunda que ponía para disuadir el interés cuando aparecía a comprar latas de sopa y chucherías en el supermercado, en realidad era sensible y tenía buen corazón. Tenía que ser así. ¿Por qué, si no, me habría caído bien? Quizá hasta me la había cruzado alguna vez en el supermercado y estaba demasiado preocupada con mis propios sentimientos de estar fuera de lugar (soy vieja, una forastera, una invasora, una indeseable, paranoica después de días enteros de aislamiento en mi cabaña) para percatarme de la otra intrusa. Magda con sus zapatillas de deporte sucias, su pelo brillante colgándole por delante de la cara como una sábana, los hombros encorvados, con su cesta de comida barata y no nutritiva en la caja, masticando chicle Bazooka. En invierno llevaría un gorrito negro de lana. Casi me acordaba de haberla visto en los pasillos fluorescentes, preguntándome quién iría con zapatillas de deporte con un tiempo tan frío, sin calcetines. «Estos chicos de ahora.» Es probable que chasquease la lengua y asumiera que la chica estuviese drogada, que fuese mala yerba. Pobre Magda. Lo que necesitaba en realidad era un cojín blando junto al fuego, el regazo de alguien sobre el que apoyar la cabeza. Habría cocinado para ella, la habría alimentado hasta que recuperase la salud y la serenidad. «Ahora ve a nadar, Magda, será bueno para ti.» Y podríamos haber bromeado. Nos podríamos haber reído de Charlie. Habría sido divertido jugar al Scrabble con

Magda. Le habría enseñado palabras que dan muchos puntos y nos podríamos haber reído juntas de ellas. Exorcizar. Quijotesco. Extraordinario. Maximizar.

Genio: malo.

Magda no soportaba a la gente que hablaba mucho. La volvía loca de verdad. Me la imagino diciendo entre dientes «estúpida puta americana» detrás del mostrador del McDonald's mientras alguna adolescente charlando por el móvil se quedaba allí de pie, señalando el menú. Tener que ser la sirvienta de cualquiera debe de haber puesto furiosa a Magda. Tenía demasiado orgullo para ser la esclava o la querida de nadie. Quizá el viejo senil al que cuidaba se llevaba la peor parte de su mal genio. «¡Viejo estúpido y feo! ¡Te meas encima! ¡Hueles a caca! ¡Perro malo!»

¿Cuánto habría tardado en pegarle, en coger algún libro y golpearle con él en la cabeza? «¿Ahora lloras? ¿Eres como un niño chico que llora llamando a su mamá? Todo el mundo tiene que cuidar de ti porque eres muy tonto, tan tonto como un perro que se caga encima. ¡Buá!»

¿Les gustará o disgustará a los lectores este personaje y por qué?

Sentía que había llegado a conocer a Magda y que me gustaba. El cuestionario había funcionado. Magda parecía real. Se había vuelto importante para mí. Nos habíamos hecho amigas. La echaba de menos, incluso.

Ojalá nos hubiésemos conocido en la vida real, aunque solo fuese por habernos estrechado la mano. Ojalá me hubiese visto para que apreciara todo lo que estaba haciendo por ella, trayéndola de vuelta a la vida de esta manera, investigando su asesinato, dándole voz. *Me llamaba Magda,* etcétera, etcétera. No la quería como quería a Charlie o como había querido a Walter. La quería como quería a las pequeñas semillas que no tardarían en germinar en mi nuevo huerto. La quería como quería a la vida, al milagro del crecimiento y de las cosas que florecen. La quería como quería al futuro. El pasado se había terminado y no quedaba amor. Me dolía pensar que Magda estuviese muerta, que le habían arrebatado la vida del cuerpo, que la habían abandonado tanto, que nadie salvo quizá Blake se había ocupado de su cadáver. Es fácil, pensé, desarrollar gran afecto por las víctimas, emblemas de potencial desvanecido. No hay nada más desgarrador que una oportunidad derrochada, una ocasión perdida. Sabía de asuntos así. Había sido joven. Muchísimos sueños se vieron frustrados, pero yo misma los frustré. Quería estar protegida, completa, tener un futuro de certezas. Una comete errores cuando confunde tener un futuro con tener el futuro que una quiere.

Cuatro

Ni Charlie ni yo pudimos dormir aquella noche. Fuera todo seguía siendo misterioso, no había viento ni murmullos y aquel café tardío me había puesto los nervios de punta. Charlie, sobre todo, aunque se había comido casi todos los huevos y las lentejas, estaba inquieto y no dejaba de incorporarse y cambiar de postura sobre las mantas. Y me temía que las lentejas le habían producido indigestión, porque de vez en cuando subía hasta mí un olor penetrante y tenía que enterrar la cara en la almohada. A mí me rugía el estómago, pero no tenía apetito. Lo único que podía hacer era esperar la mañana. La noche cerrada duró muchísimo. No es que tuviese miedo, exactamente, no era que me estuviese imaginando monstruos o demonios que se arrastrasen por los bosques. Sabía que no había asesinos con hachas allí fuera. Si los hubiera, Charlie estaría rascando la puerta, aullando hasta perder la cabeza. Y entonces sería facilísimo meternos en el coche y conducir hasta salir del pueblo. Lo único que tenía que hacer era meter los pies en las zapatillas, bajar corriendo las escaleras, coger las llaves y allá que iríamos. Un asesino con un hacha no andaría muy rápido al llevar el hacha y todo eso. El aviso de Charlie me daría bastante tiempo, hasta para recoger el abrigo y el bolso. No me preocupaba que me hachase hasta la muerte, que me comiesen los lobos, incluso si hubiese lobos ahí fuera, que no había. Por lo menos, que hubiésemos visto. Osos tampoco. Aunque zorros sí había, pero casi lo único que hacían era revolver la basura y armar desastres. No eran peores que las mofetas o los mapaches o las comadrejas. Aun así, me había subido un cuchillo de carnicero a la cama conmigo y lo había metido debajo del colchón, porque ¿quién iba a saber? ¿Quién iba a saber? Y eso era lo que me mantenía despierta: no saber y querer saber.

¿Dónde estaría Magda y cómo había llegado hasta allí?

Había rellenado todo el cuestionario y tenía una lista creciente de sospechosos potenciales. Pero aquello no me aplacó. Había mucho más trabajo por hacer. Había gente que localizar, interrogar, y era incierto cómo iba a hacerlo. No era detective. No tenía lupa ni esposas. Era civil. Era una viejecita, según la mayoría de la gente. Tendría que fisgonear, tendría que husmear. Tendría que pasar desapercibida y escuchar lo que pudiese, averiguar, detectar cosas a través de las vibraciones. Tendría que usar mis habilidades psíquicas. ¿No decía Walter siempre que era una bruja? A Walter todo le habría parecido obvio. Ay, su constante insistencia en estropear todas las películas buenas de crimen y misterio era puro machismo. «Ha sido el chico de la piscina» o «Ha sido el ama de llaves» o «Es homosexual» o «Es todo un sueño». Era un verdadero aguafiestas. Pero yo también. No me gustaban ni la tensión ni el suspense. Me ponían nerviosa. Gastaba una montaña de pañuelos llorando, me comía un paquete entero de galletas mientras miraba la pantalla, pero supongo que me gustaba, en realidad. Le daba emoción a la vida. Me gustaba el miedo. «Ay, eres la reina del drama —me decía Walter cuando me ponía a discutir con él, normalmente por dinero o por lo que íbamos a hacer el fin de semana; a mí me gustaba hacer cosas al aire libre, pero Walter era demasiado cosmopolita—. No voy a nadar en un lago y que me entren microbios en el pene. ¿Te gustaría eso? ¿Que cogiera enfermedades sexuales? ¿Sabes los gérmenes que hay? Es una cloaca. No es para las personas. Las personas se sumergen en la bañera. Si eres cuidadoso, quizá hasta en una piscina. Porque tienen cloro, Vesta. ¿No lo sabías? Mi primo tuvo disentería toda la vida por un sorbo que le dio a un río en Bahl».

—Estás equivocado. Te hará bien, Walter. Ensuciarse un poco de vez en cuando es bueno. Podemos hacer senderismo. Creía que te gustaba el senderismo. Podemos subir la montaña. Hay un hotelito allí arriba —estaba mirando un folleto de Dratchkill—. No es nada caro. Y mira, tienen servicio de habitaciones. ¡Nada de bufé!

Walter odiaba los bufés.

—No es como en Europa —dijo—. No son los Alpes. Estarás con gente pedestre y ruidosa. Habrá gente fea por todas partes, zangoloteando bebés arriba y abajo. Prefiero que vayamos a la ciudad. A un museo. Pero supongo que querrías que te llevase a Disneylandia. Podríamos visitar los estudios de cine, a lo mejor vemos a algún famoso. A tu favorito, incluso, ¿Harrison Toyota?

Aquella era la manera de Walter de burlarse de mí. El momento más aventurero que vivimos fue parar en un restaurante de carretera de camino a Kessel. Walter se puso enfermo por eso, esa noche insistió en que me mantuviese alejada de él en la cama. «Igual que Charlie», pensé, riéndome. A veces Walter se comportaba como un niño chico.

—¿Lo ves? Te has salido con la tuya. Me han castigado solo por ser un poquito aventurero. Por probar tu asqueroso guacamole.

Pero así era Walter en su expresión más germánica. Era demasiado civilizado. Era científico, al fin y al cabo. Pero eso no quería decir que no fuese cariñoso. Venía de un hogar cariñoso. Sus padres, me contó, renovaban sus votos matrimoniales cada noche en la cena. Algunas veces lo hizo conmigo, casi siempre de manera sarcástica.

—Vesta, querida, ¿quieres una mazorca de maíz y con ella yo te desposo? ¿Aceptas esta pata de cordero como signo de mi amor imperecedero y sagrado matrimonio, amén?

Nos casamos en un juzgado, fuimos de luna de miel a un hotel elegante de Des Moines, en el que Walter estuvo trabajando en su tesis. Creí que me bastaba con eso, pero no sabía lo que me merecía de verdad. Me merecía lo que cualquier jovencita agradable se merece.

Todavía no hacía bastante calor para abrir la ventana y sentía que de alguna forma sería como una invitación para cualquier espíritu maligno que podía estar allí fuera. Ghod, el fantasma negro que se había metido en mi lista de sospechosos, se paseaba por mi subconsciente. Walter habría pensado que era tonta por evocar algo tan abstracto, pero no importaba. Walter no sabía nada, aunque asumí que sabría mucho más ahora que estaba muerto. Quizá estuviese allí arriba en algún lado, conversando con Magda. Quizá hasta estarían vigilándome, Walter con su aguardiente, Magda con su refresco de naranja. ¿Qué estarían diciendo? Esperaba que se diesen cuenta de lo lista y valiente que había sido, lo laboriosa, lo inteligente. Es probable que Walter estuviese negando con la cabeza.

—Es bastante obvio cuál debe ser el siguiente movimiento. Escribirle una nota a Blake. Ver si pica. Uno no se va de pesca sin caña, Vesta. Siempre eres la misma desabrida. No te limitas a rezar para que llueva, si buscas agua te diriges directamente al depósito.

Ay, Walter, debería haberte tirado al lago de una vez por todas, resoplé. Era intolerable estar en aquella cama a oscuras con mi perro grande y flatulento. Necesitaba espacio. Necesitaba respirar aire fresco. Terminé levantándome de la cama y abriendo la ventana un centímetro. Entró una ráfaga de aire frío. Así estaba mejor. Empujé a Charlie para alejarlo. Se ofendió, se fue de la cama y se acurrucó en lo alto de la escalera, abriendo las fauces en la oscuridad cercana mientras me echaba una mirada de desprecio dramático. Pobre perro. Mañana le daré de comer mejor, me dije. Si era mi alarma y mi guardaespaldas, tenía que comer bien. Tenía que estar en las mejores condiciones, sobre todo ahora, con asesinos con hachas y muchachas muertas y extrañas criaturas invisibles renqueando toda la noche por los pinares, aunque solo fuese en mi imaginación.

«¿Serás mía?» fueron las últimas palabras que recordaba por la mañana cuando me desperté. Había estado soñando con Walter, sus cenizas se amontonaban a mi alrededor como un hormiguero, y luego todo se convertía en arenas movedizas y alguien alargaba la mano hacia mí, con un reloj con incrustaciones de diamantes en la muñeca huesuda. Eran las diez y media. Intenté agarrar los dedos, pero solo toqué aire y luego pelo, y a lo lejos oía el tintineo de las copas y los cubiertos sobre la porcelana fina. *Wilst du be meinen*? No era la voz de Walter exactamente, pero se parecía mucho. Cuando abrí los ojos, allí estaba Charlie, meneando la cola con ferocidad, dándome con la cabeza en la mano, en la barbilla, luego con la lengua fina y suave me lamió la mejilla, como si fuese una toalla mojada y tibia.

—Ay, vale, cariño —dije.

Me noté enseguida en los huesos la falta de descanso, en los ojos, las articulaciones, los pies. Con cuidado bajé las escaleras y fui a la cocina, con los ojos fijos en los papeles que había en la mesa junto a las ventanas que daban al lago, casi en llamas en ese momento con el sol naciente. Era la última hora de la mañana. Por lo general, Charlie me despertaba antes de que amaneciera y estábamos levantados y saliendo por la puerta —con los dientes cepillados, la cara lavada y completamente vestida— justo cuando las primeras agujas de luz aparecían sobre el horizonte. La mesa, si bien iluminada por el sol, estaba igual que la había dejado. Taza vacía, lápiz, bolígrafo, el cuestionario y mi cuaderno, que no había usado. Estaba orgullosa de mi trabajo. Era como si fuese un escultor que bajaba a su estudio con cara de sueño después de una larga noche de trabajar la arcilla; y después del trabajo duro y del agotamiento había subido a la cama, inconsciente de la increíble forma de vida que había creado y dejado en la planta de abajo para que se secase, para que tomase su forma durante la noche, se convirtiese en una cosa real, separada de él. Y así Magda se había convertido en una cosa real.

Abrí la puerta de la cocina para dejar que Charlie hiciera sus primeras cosas, precalenté el horno para el pollo y me agaché para coger una lata de suplemento nutricional de debajo del fregadero. No era una fuente ideal de nutrientes, pero sabía que la necesitaba. Walter siempre se burlaba de mi delgadez, me comparaba con otras mujeres de nuestro entorno, humillándome a mí por ser delgada, huesuda, de pecho plano, y al mismo tiempo a ellas por ser unas cerdas rollizas con el pecho grande. No era su intención ser cruel, solo es que su sentido del humor era así, un poco como el de Magda. Era difícil tener amigos sin que Walter tuviese la impresión de que estaba conspirando en su contra. Creo que se sentía dejado de lado: sentía que no le caía bien a la mayoría de la gente.

—La gente es idiota —así racionalizaba él su soledad.

A veces se quejaba de que ser tan inteligente como él le complicaba sentirse aceptado de verdad.

—La gente tiene miedo —decía—. Palurdos —los juzgaba.

A veces leía el trabajo científico de otra persona y aseguraba que le consolaba «no ser el único ser inteligente del planeta». Nunca me digné preguntarle lo que pensaba de mi inteligencia. Sabía perfectamente bien por qué era tan desagradable su personalidad. En las pocas cenas que di en Monlith, Walter se portaba mejor que nunca. Sabía cómo impresionar a la gente que esperaba que financiase su investigación o a un decano que estaba a punto de contratar a un profesor nuevo que a él no le caía bien. En aquellos casos, podía ser encantador y se portaba como el marido perfecto, me rodeaba el hombro, me besaba en la mano con sigilo para decirme lo bonita que se veía la comida, cortés, guapo, tan guapo. Un hombre guapo tiene que ser terriblemente cruel para generar un malestar así en los que lo rodean. Si Walter hubiese sido feo, lo habrían despreciado. Alguien con aspecto distinguido ejercía su dominio fácilmente en la gente sencilla de Monlith. Les daba demasiado miedo dar la impresión de que tenían el prejuicio de ser descorteses con él. «Walter, el alemán guapo.»

Si me estaba mirando ahora mientras enjuagaba los excrementos de ratón del borde hundido de una lata de bebida nutritiva sabor vainilla, me la tiraría de la mano y se acercaría al frigorífico, sacaría un trozo de mantequilla y un filete, me diría que comiese como una persona mayor y no como una adolescente perezosa, sorbiendo un batido. Qué maravilla hacer lo que yo quisiera. Me acordé de lo que había dicho la mujer de la perrera mientras me daba el cachorro:

—Son tiempos difíciles.

Limpié la lata con el dobladillo de la camisa del pijama y tiré de la anilla y me lo tragué todo. Sentí aquella cosa fría llenándome el estómago. Sabía a malta, me recordó a un sabor de la infancia. Solíamos espolvorearla sobre el queso fresco. La de ahora era como lodo, pero sabía que era buena para mí.

Me puse unos pantalones de pana y un jersey fino de algodón para sacar a Charlie de paseo. Habría preferido quedarme en casa y estudiar mis papeles, pero no podía volver a decepcionarlo. Me sentía culpable por haberlo dejado con hambre, por haberlo empujado en la cama. ¿No le había dicho que le compensaría? Se quedó en la entrada con la correa en la boca.

—Ay, te puedes esperar un minuto más.

Se sentó en el felpudo áspero de la entrada y dejó caer la correa. No me cepillé los dientes ni me lavé la cara, pero antes de ir hacia la puerta, donde tenía colgado el abrigo y estaban las botas, volví a la mesa a admirar de cerca mi trabajo un momento. Charlie era paciente. No se quejó, pero oí su respiración volverse rápida y pesada.

Me llamaba Magda, vi con mi propia caligrafía en la parte de atrás del cuestionario de Magda. Sin sentarme, cogí el bolígrafo y abrí el cuaderno.

Querido Blake, escribí.

Pero ¿qué le escribiría, en realidad? Charlie pateó el felpudo. Lo ignoré y cerré los ojos. La luz del lago me entraba por los párpados y lo volvía todo de un rojo brillante, rojo sangre. Pensé en un poema, en un verso de algo que había oído una vez o muchas veces, pero no algo que había leído como tal. Lo recordaba como la letra de una canción, quizá algo que cantaba Walter.

La marea ensangrentada.

Lo escribí. Y luego sentí que tenía que rimar el resto, que era lo adecuado.

Querido Blake:
La marea ensangrentada, el lago por el sol iluminado.
Sé que murió, por las pistas que he encontrado.
Mirando y buscando, he intentado
hallar su cuerpo asesinado.
¿Siguiente pista?

Bueno, era un poema horrible. Casi que me podía imaginar a Walter refunfuñando. Pero Blake no era más que un adolescente de Levant, al fin y al cabo. Le habría parecido genial. Habría pensado que yo era una genia. Lo arranqué de mi cuaderno, me puse el abrigo y las botas, le enganché a Charlie la correa y allá fuimos: bajamos el camino de gravilla, cruzamos la carretera y subimos la colina de hierba hasta el bosque de abedules, luminoso y tranquilo. Los pájaros cantaban. Solté a Charlie para que brincara como quisiera. Se paraba de vez en cuando a olisquear, a hacer sus cosas. La primavera estaba en el aire y llevaba mi tonto poema entre las manos. Era embarazoso. No le había puesto mi nombre. Todavía tenía las piedrecitas negras en el bolsillo del abrigo. Me aturdía pensar que había descubierto la nota de Blake ayer. *Este es su cadáver.* Solo habían pasado veinticuatro horas desde que había sabido de Magda por primera vez. ¡Y qué rápido habíamos llegado a conocernos! Volví a leer mi poema una y otra vez, luego intenté olvidarme de él, mientras Charlie y yo nos adentrábamos más entre los abedules por el camino, que estaba igual que como lo habíamos dejado la mañana antes.

Iba con los ojos bien abiertos por si había algo que pudiese haber pasado por alto, una gota de sangre, un diente, un dedo, una de las zapatillas de deporte sucias de Magda. O, ay, Dios mío, su cabeza rodando entre los árboles como si fuese una bola de bolos. Blake había dicho «cuerpo», ¿verdad? Aquello podía significar «cuerpo sin cabeza». Tenía que armarme de valor para aquella posibilidad. Si el cuerpo de Magda estaba decapitado, es probable que Blake lo hubiese mencionado. «No sé dónde está su cabeza» o «no me llevé su cabeza.» Blake no era un monstruo, no era más que un niño. Y un niño desconsolado, además. Me pregunté cómo le explicaría la ausencia de Magda a Shirley.

—Tiene que pagar el alquiler mañana —diría ella, mezclando con un tenedor puré de patatas de sobre, más macarrones, lo que fuese que aquella gente de Levant se metía entre pecho y espalda.

—Probablemente esté haciendo horas extra —diría Blake—, para ganar bastante dinero para pagarte. Le cobras demasiado, mamá. Trabaja más que tú.

—No intentes hacerme sentir mal, Blake. Si tu padre no nos hubiese abandonado, no tendría que cobrarle nada. Por otro lado, si tu padre estuviese aquí, no creo que ninguna muchacha durmiese ahí abajo. No lo toleraría. Iría a la policía si viniese a casa y se encontrase con una extraña ahí abajo. Y una extranjera, para colmo. Pero ¿no he sido amable, yo? Me he arriesgado por esa muchacha. Me podría meter en problemas. Secuestro, me podrían acusar de secuestro, ¿verdad? Tiene suerte de tenerme a mí.

Así era Shirley: cariñosa y preocupada, maternal y egoísta. Blake, en su tierna pubertad, no sería capaz de esconder su desconsuelo durante mucho tiempo. Cuánto tiempo, me pregunté, hasta que él rompió a llorar, lo soltó todo, se arrastró a la cama de su madre para que lo abrazase y lo acunase.

—¡Está muerta! —gritaría—. He dejado su cuerpo en el bosque. Pero ya no está allí. Ha desaparecido. Ha desaparecido para siempre. No, no sé quién la ha matado. ¡No he sido yo!

—Shh, shh —diría mi Shirley—. Es solo una pesadilla. Esa putita está por ahí con algún novio nuevo, me apuesto lo que quieras.

Si aquella escena era cierta, si Blake había dejado el cuerpo y luego había vuelto y visto que no estaba, quizá volvería otra vez, pensé.

Cuando Charlie y yo llegamos al sitio del camino de abedules en el que había encontrado la primera nota, nos detuvimos. Charlie arañó el suelo, olisqueó. Sí, había algo, alguien había estado allí, alguien que no éramos nosotros. Lo noté en la manera en que se crispó la nariz de Charlie, en sus ojos, en la blanda inclinación de sus orejas, no tan levantadas como cuando acababa de ver un zorro, sino curiosas. Las orejas sintonizaron algo del pasado. Un eco. Intenté imaginarme lo que estaba oyendo. Nada había cambiado más de lo que cambiaría en un día por el viento, por el correteo de las ardillas, por el sol secando y calentando la tierra, por la luna tirando de ella y enfriándola. El sitio me resultaba conocido a aquellas alturas. Daba cierta sensación, como si hubiese pasado algo allí, una sensación como de funeral, como cuando Walter y yo paseamos por los campos de Antietam, siguiendo a un joven con un disfraz idiota de soldado confederado.

—En este trozo de terreno muchos hombres jóvenes perdieron la vida luchando por la libertad —o lo que fuera que le hiciesen decir.

Algo debía de pasarle a la tierra una vez se convertía en un lugar donde había muerto alguien, donde un alma viva tomaba su último aliento. Me dio un subidón pensar en eso. Intenté concentrarme en qué se sentía allí en el bosque de abedules. Había una carga, estaba segura de ello, una fuerza magnetizada en el aire.

Me detuve y saqué mi poema para Blake. Lo puse en el suelo y le coloqué encima las piedrecitas negras. Las dispuse en un círculo alrededor de mis líneas escritas con cuidado. Deseé tener una flor para meterla, para que se viese más bonita. Aquellas piedras eran muy duras, muy negras, como carbón contra el papel blanco.

Me incorporé y observé la suave brisa soplando loca entre la tímida hierba nueva, los brotes tiernos en las ramas de los abedules como peces asomando la cabeza fuera del agua. Los árboles no tardarían en llenarse de hojas y el sonido apresurado del viento cuando pasara a través de ellas sería distinto. Sería más fuerte. Ahora todavía era tranquilo, suave. Escuchaba los golpecitos afilados de las esquinas del papel de la nota cuando el viento iba y venía. Charlie iba a mi lado. Me di cuenta de que estaba ansioso por estar en casa, por comer en condiciones. Yo también. Nos dimos la vuelta y, al dejar la nota allí para Blake, sentí que había dado un paso significativo en mi vida. ¿Cuándo había hecho yo algo así de atrevido o valiente o ridículo?

Mientras volvíamos andando a través del bosque de abedules y bajábamos la pendiente llena de hierba y cruzábamos la calle, pensé no en Magda sino en aquel verso que se me había quedado en la cabeza. *La marea ensangrentada.* ¿Qué era aquello? Nunca me había interesado la poesía, casi no la había estudiado, nunca había pensado en sacar un libro de poesía de la biblioteca para leerlo. La mayoría de los días apenas recordaba que existía la poesía. Me parecía ridículo que siguiera habiendo poetas por ahí, entre nosotros. ¿Cómo se ganaban la vida? ¿Qué utilidad tenían los poemas, ahora que la gente tenía televisión? Hasta una novela buena tenía que competir con los programas de televisión y las películas. Había visto a adolescentes en la biblioteca viendo la televisión en las pantallas de los móviles. Nadie en Levant leía poemas, a menos que fuese para el colegio. El colegio más cercano estaba en Bethsmane. De hecho, estaba a solo una manzana de la biblioteca pública. Supuse que podía ir y preguntar de qué poema era «la marea ensangrentada». Quizá no fuese de ningún poema. Me lo había inventado. Quizá descubriese que era una poeta.

—Soy una poeta —le dije a Charlie mientras le acariciaba la cabeza.

Subimos trotando juntos por el camino de gravilla hasta la cabaña y seguimos nuestro protocolo habitual. Colgué su correa y le limpié las patas y abrí la puerta. Con calor por todo lo que había andado, colgué mi abrigo y me quité las botas. El horno estaba bien caliente, así que rompí el envoltorio de plástico del pollo, saqué la bolsa de menudillos, lo eché en una sartén y lo metí en el horno. Nada de sal ni de pimienta o especias. A Charlie y a mí no nos gustaban aquellas cosas. Freí los menudillos con dos huevos más para Charlie. Y mientras él se comía aquello, me llevé el *bagel* frío y el café al desayunador, a mis papeles, al paisaje de mi escritorio, pensé en ellos, y comí y bebí y miré el agua en llamas con la luz del sol. Hoy sería el día, decidí. Me desharía de las cenizas de Walter. Bueno, no deshacerme exactamente, no era una manera bonita de decirlo.

Charlie terminó de desayunar y se vino conmigo a las ventanas. Después, con el estómago lleno, se puso muy cariñoso a frotarme la cabeza en el regazo. Olía a tierra ferrosa y también un poco a heces. En realidad no me importaba. Cuando dos seres viven juntos, el olor de los dos se convierte en el olor del compañerismo. Yo también necesitaba un baño, pero no me apetecía darme uno. Era demasiado esfuerzo desvestirse, esperar a que se calentase el agua, enfrentarme a cómo era mi cuerpo ahora, tan pequeño, una cosita que tenía que mantener limpia, como fregar un solo plato que una usara constantemente. Daría igual si me quedaba sucia, si sudaba en la barca de remos y me bañaba aquella noche con mi copa de vino. Pensaría un poco más en Magda, tomaría unas cuantas notas más. Y luego me iría a la cama y dormiría especialmente bien porque había dormido muy mal la noche antes. Por la mañana, Charlie y yo iríamos a dar un largo paseo por el bosque de abedules. ¿No sería raro descubrir mi notita tal como la había dejado en el camino, mis piedrecitas negras esparcidas alrededor de mi mensaje poético para Blake? ¿La estaría leyendo ahora?, me pregunté. ¿La estaría leyendo otra persona? Por un momento me imaginé que los vecinos me habían visto dejándola y estaban poniendo una queja por teléfono porque había tirado basura. «Esa vieja rara ha dejado una basura en el bosque. Vengan a verlo. Es una especie de escrito sospechoso.»

Colgarían y se dirían el uno al otro: «¿Estará bien de la cabeza la vieja esa? ¿Será una bruja a la que le gusta comerse a los niños?».

No me fiaba de los vecinos.

Le di vueltas al poema en la cabeza una y otra vez.

—¿Siguiente pista?

Charlie estaba tirado en un charco de sol en la alfombra. Intenté respirar hondo. Mastiqué el *bagel* frío y me tomé el café. El pollo había empezado a oler, se estaba asando bien. Le haría falta una hora para hacerse. Si lo dejaba un rato, me figuré, no se quemaría. No le pasaría nada malo, no. Nada me impedía ir a comprobar mi poema. Nada. Y con eso, me volví a poner las botas y el abrigo. Le puse a Charlie su correa y lo volví a bajar por el camino de gravilla hasta el otro lado de la carretera y subimos por la ondulación cubierta de hierba y a través del bosque de abedules, siguiendo el sendero trillado que cruzaba los árboles hasta el lugar donde había dejado la nota. Aunque busqué y busqué, arriba y abajo, mucho más lejos del sitio donde la había dejado, no estaba. Alguien había pasado y se la había llevado. Hasta las piedrecitas negras faltaban. Aunque luego las vi, en fila, sin duda no por accidente, formando la letra B.

Bueno, aquello me bastó.

—¡Vamos, Charlie! —grité y salimos corriendo del bosque.

Tardé menos de diez minutos en llegar a casa, con el corazón dando brincos y muy perturbado por lo poco que habían tardado en robar mi nota. Había estado creyendo que, de alguna manera, no era más que un juego. Blake no era real. Nadie me estaba vigilando en realidad ahí fuera. Todo, todo el mundo, incluso Magda, no era más que un producto de mi imaginación. El padre Jimmy había dicho:

—A veces la mente nos juega malas pasadas.

Pero aquello no era una mala pasada. Alguien, B, Blake, estaba allí fuera, comunicándose conmigo. Y además estaba Magda. ¿Cómo era posible que la hubiese evocado con tanta facilidad en aquel cuestionario? Era como si alguien me hubiese estado pasando las respuestas, alguien en mi espacio mental me había estado diciendo qué escribir, con tanta claridad como si fuesen mis propios pensamientos. Pero ¿cómo iban a ser míos, exactamente? No había conocido nunca a la muchacha. Aquello me hizo preguntarme qué estaba pasando exactamente y quién era aquel Blake y qué quería de mí. ¿Cómo iba a hacer lo que fuera que me estaba pidiendo que hiciera? ¿Podría resolver aquel pequeño misterio? ¿Encontrar el cuerpo muerto y putrefacto de Magda? ¿Eso quería? ¿Por qué no podía hacerlo Charlie? Siempre andaba olisqueando animales muertos y cosas. Bueno, supongo que a los seres humanos se les da mejor resolver los misterios más humanos. El cuerpo debe de estar escondido en alguna parte a la que no iría Charlie, a la que no iría yo, a la que no iría nadie, a no ser que estuviese en una misión. Dios mío, pensé de pronto, la isla.

Aquello bastó para que entrase disparada en la casa, apagase el horno y, sin limpiarle las patas a Charlie ni nada, cogí el bolso y las llaves, cerré la puerta, nos metimos en el coche y conduje. Entré en pánico. No sabía dónde estábamos yendo. Charlie estaba encantado, me puso la cabeza en el hombro desde el asiento de atrás, observó las vistas a través de la ventanilla. Pasamos por la tiendita del hombre con la cara dañada. Henry, pensé. Ahí está. Me quedó clara más parte de la historia. Casi podía planear el reparto completo de los personajes que me había inventado la noche antes. Henry era el hombre de la tienda. Había una casita en la parte de atrás, donde debía de vivir su padre. Ahí es donde iría a trabajar

Magda, a cuidar del viejo y donde Henry mantenía sus relaciones. En algún sitio no muy lejos estarían Blake y Shirley. Y después Leonardo. Lo único que no podía explicarme todavía era Ghod, la criatura fantasmagórica. Quizá no tuviera que enfrentarme nunca a Ghod. No quería. Me recorrió un escalofrío mientras giraba hacia la ruta 17. Iba conduciendo muy deprisa, tan deprisa, de hecho, que me había olvidado de abrocharme el cinturón de seguridad. Lo hice y, mientras me abrochaba, viré un poco y, en menos de un segundo, un coche de policía hizo parpadear las luces tras de mí. No había nadie más en la carretera, no había estado en peligro, no había causado ningún peligro a nadie.

—Siéntate —le dije a Charlie.

Salí al arcén y me alisé el pelo. Recordé con horror que no me había cepillado los dientes ni lavado la cara. Tenía tierra negra debajo de las uñas. Era probable que tuviese ojos soñolientos. Quizá olía igual de mal que Charlie.

—Señora Gool —dijo el policía cuando bajé la ventanilla.

Tenía su bragueta a la altura de los ojos. Me imaginé sus genitales todo aplastados dentro de aquellos pantalones negros apretados. Entorné los ojos para mirarlo, mientras hacía pantalla con la mano.

—Gul, sí. ¿Qué tal?

—Bueno, yo estoy bien, señora Gool, pero usted ha estado conduciendo de forma errática desde que la llevo siguiendo hace unos cinco kilómetros. ¿No me ha visto detrás de usted?

—Me temo que no. Mi perro debe de haber estado bloqueándome el retrovisor.

—¿Ha estado bebiendo, señora Gool? ¿Toma alguna medicación?

131

—¿Medicación? Ninguna. Lo siento si iba muy rápido. ¿Iba muy rápido? Tengo un poco de prisa.

—Iba a más de noventa y el límite de velocidad es de setenta. Eso es veinte kilómetros más rápido por hora, señora Gool. Eso es un treinta y tres por ciento demasiado rápido. ¿Adónde tiene tanta prisa por llegar? ¿Tiene una cita en algún lado? ¿Está haciendo esperar a algún afortunado? No, no me responda a eso. ¿Todo bien, señora Gool? No la persigue nadie, ¿verdad?

—Oh, no, nada de eso.

¿Por qué tenía tanta curiosidad? ¿Qué sabía? Me imaginé a Walter, llenándose la boca de palomitas mientras decía: «Es obvio. Era el amante de Magda. Es obvio que es el asesino. No ha sido Henry. No ha sido Leo. ¿De dónde te sacas esas ideas tan tontas? Vesta, fíjate en las pruebas. Le cabrea que te hayas mudado a la cabaña porque la estaba usando, como tú dices, de picadero. Para ser infiel».

Ajá, pensé. Por eso no les caía bien a los policías. Mientras sopesaba la teoría de Walter, asentí mientras hablaba el oficial, complacida por que hubiera un motivo real por el que me había hecho sentir tan incómoda cuando me acababa de mudar a Levant.

—Y hay una curva con visibilidad nula ahí arriba —me estaba diciendo—. ¿Quién sabe cuándo puede salir un coche? Por eso ponemos señales. ¿Lo ve? —señaló a alguna parte, pero no miré, me daba el sol en los ojos.

—Lo siento muchísimo. ¿Me perdona?

Esperaba que mi actuación le diese una impresión de verdad lamentable. Si hubiese podido llorar en el momento apropiado, lo habría hecho, para demostrar lo ingenua y débil que era y convencerlo de que no sabía nada, no sospechaba nada. No quería tener ningún problema.

132

—Podría hacerle una amonestación oficial, pero creo haber sido claro —contestó, mientras apoyaba los dedos gordos dentro del guante negro de cuero sobre el borde de la ventanilla de mi coche.

Intenté sonreír.

—Ahora vaya más lento. Eh, amigo —le dijo a Charlie, con una voz de pronto modulada y susurrante.

Charlie, mi tontito, movió la cola y se vino delante, como si el policía fuese a alargar la mano enguantada a través de la ventanilla abierta y acariciarlo. Me imaginaba aquella mano enguantada cerrándose alrededor de la garganta pálida y delgada de Magda.

—Señora Gool —dijo, mientras se ladeaba la gorra.

Lo miré por el espejo lateral mientras volvía caminando con frialdad a su patrullero, que era de un color raro para un coche de policía, pensé: rojo sangre. Tenía una porra, una pistola. Un agente de la muerte. De hecho, podría ser Ghod, un espíritu oscuro y hambriento, un fantasma malvado. Sí. Ghod. Allí estaba. Me había enfrentado a él cara a cara. Si alguien era capaz de cometer un asesinato, ese era Ghod, una sanguijuela chupasangres, el soldado de Satán. Y si alguien sabía cómo encubrir un asesinato, era un policía. Volví a subir la ventanilla y esperé a que Ghod se alejase en su vehículo.

Allí sentada en mi coche, tuve un momento de ensoñación mientras miraba fijamente la luz blanca y brillante del sol. Era como si hubiese vuelto a Monlith y estuviese conduciendo a casa desde el centro comercial y fuese una niña pequeña durante unos instantes, emocionada sin razón, con la mente en blanco, esperando en el semáforo en rojo, sin ningún sitio adonde ir salvo seguir viviendo y divirtiéndome. Era un momento raro para perderse, en presencia del mal y la conspiración, pero por algún motivo me sentía vigorizada, en paz y joven.

Ghod salió a la carretera, cambió de sentido y se fue por la ruta 17 hacia Levant. Había cerrado la cabaña, ¿verdad? No podía enfrentarme a ir al pueblo aquel día. Me sentía agitada y vulnerable, como se sentiría cualquiera después de un roce con el mal.

—Estás sobrepasada, Vesta —escuché decir a Walter—. Vete a casa. Sé quién eres. Haz un rompecabezas. Riega el huertito. Bebe té.

Así que conduje a casa. Pensé en el pollo en el horno. Intenté concentrarme en eso y en lo que podía hacer con él, en cómo lo iba a trinchar y guardarlo, un poco en el congelador, otro en fiambreras de plástico en el frigorífico. Pensé en qué partes me guardaría para mí, en qué partes le daría a Charlie. Intenté no pensar en Magda. No me sentía lo bastante fuerte como para llevarla ante la justicia yo sola. Ghod me había sorbido todo el valor. Ni siquiera estaba asustada, me había quedado muda. Para cuando volví a la cabaña, sentía que se me había cerrado la mente.

Charlie de inmediato atravesó los pinares para hacer sus cosas, después volvió a bajar a la gravilla, adelantándome mientras yo seguía andando hacia la puerta de entrada. Bajó y se zambulló en el lago. Yo estaba en un estado mental pesado, pero aun así me hizo reír ver a Charlie jugar como un maníaco, arrasándolo todo en el agua con una rama empapada entre los dientes. La cosa más simple le encantaba. Ojalá pudiese ser yo más así, e intenté prometerme que me esforzaría más por ser más feliz. ¿Por qué me estaba volviendo loca con lo de Magda? Quizá me lo había imaginado todo. Quizá había sido solo un mal sueño, un sueño febril; a veces tardaba un rato en restablecerme si había estado enferma. Me toqué la frente con el dorso de la mano. Sí, estaba un poco caliente. Si me echase la siesta, pensé, al despertarme todo estaría como estaba antes. No habría asesinato, no habría misterio.

Entonces me detuve en seco mientras me acercaba a la puerta de la cabaña. Algo estaba mal. Era mi huerto. Me parecía distinto. Parecía alisado, como si alguien hubiese venido y lo hubiese barrido con la mano y lo hubiese apisonado de alguna manera. Había dejado muchas huellas y marcas, de mis botas y de mis manos, había formado con las nalgas dos huecos mofletudos en la tierra, y ahora estaba liso como aguas plácidas. Era muy raro. Al observarlo más de cerca, me pareció que alguien no solo había barrido la tierra, sino que además había arrancado las semillitas que había plantado. Cavé con los dedos para buscarlas, pero no estaban. Miré a lo largo de toda la fila que había plantado y habían desaparecido del todo. ¿Quién habría hecho aquello? ¿Sacaría un pájaro las semillas de la tierra picoteando? ¿Las alas podrían haber producido un vendaval tal como para dejar la tierra barrida y suave, como parecía ahora? ¿O había sido alguien, alguna persona, que había sido tan taimado como para sacar con pinzas mis semillas, había usado algo luego —un periódico o una escoba tal vez— para barrer los rastros, las huellas? Era una cosa trastornada y malvada. Abortivo, me dije a mí misma, cruel, arrancar las semillas de esperanza antes de que tuviesen siquiera la oportunidad de brotar. Podría haber llorado. Y entonces mi tristeza se convirtió en desprecio. Ghod no habría tenido tiempo para hacer algo así. ¿Quién, entonces? Si has sido tú, Blake, pensé para mí, me vengaré. Quien quiera que lo haya hecho sentiría mi ira. Escupí en el suelo, giré la llave en la cerradura y me metí dentro; dejé la puerta abierta para Charlie, que, probablemente sintiendo mi disgusto, entró de un salto con los pies fangosos, pero no me importó. Volví a encender el horno. El olor a pollo asado llenaba la cabaña y lo dejé cocinándose, y abrí una botella fría de vino tinto y fui a sentarme a la mesa. Encendí la radio. Me había olvidado de encenderla cuando salí de la cabaña indignada hacía muy poco. Lo único que pude sintonizar fue jazz antiguo. El padre Jimmy estaría aquella noche. Me senté y escuché, echando chispas; mi espacio mental era casi todo ruido estático y rabia, pero nada decisivo hasta que me terminé la mitad de la botella. El pollo se estaba cocinando.

—Quédate aquí —le dije a Charlie.

Levantó un momento las orejas. Me levanté y cogí la urna de Walter de la estantería, la sostuve bajo el brazo mientras sacaba arrastrando por la puerta de la cabaña un remo de madera, dejé a Charlie encerrado dentro de forma segura. Cuando llegué al lago, enderecé la barca de remos, la remolqué hasta dentro del agua, me metí dentro, me equilibré y empujé. Estar allí fuera, observando el mundo moverse como un caleidoscopio sobre la superficie del agua, era como darse una ducha fría. Y allí estaba Walter apoyado entre mis botas, en su urna de lujo, como la corona de un rey o algo. Suponía que deshacerme de la urna de cenizas sería un destronamiento simbólico. No quería que Walter siguiera en mi espacio mental. Quería saber las cosas yo sola. Me sentiría mejor así. Podía hacer las cosas a mi propio ritmo. Podría pensar por mí misma, por fin. Ese día no iba a remar hasta la isla; si estaba allí el cuerpo de Magda, quería estar calmada y tranquila cuando lo encontrase. Por eso dejé de remar después de unos cien metros, sostuve la urna fuera de la barca, vi por última vez mi soso reflejo en el bronce cepillado y luego la dejé caer en el agua. Eso fue todo. Pareció tan fácil una vez que lo había hecho. No pronuncié ningún adiós fúnebre. Ya había dicho bastantes de aquellos. Agarré el remo, giré la barca y remé hacia la casa.

Quizá me estuviesen engañando mis ojos de vieja o los nervios todavía a flor de piel por haberme encontrado mis semillas arrancadas del suelo, pero mientras volvía despacio a la orilla, Charlie empezó a ladrar dentro de la cabaña y, a través de los pocos árboles que había entre el lago y las ventanas que daban afuera desde la mesa del comedor, me pareció ver algo moverse dentro. Me pareció ver una figura, no podría decir de qué clase, pasar desde la mesa que había en un lado de la cabaña hacia la parte de atrás, hacia la cocina. Era una sombra leve cuyo movimiento, desde aquella distancia, era solo algo que se podía confundir con una rama moviéndose, un borrón del viento, un pájaro cruzándose de un árbol a otro, la silueta reflejada y torcida en las ventanas de la cabaña. Podría estar equivocada, pero lo que creí ver era una forma oscura, diáfana —del tamaño de un hombre, aunque hecha solo de oscuridad, no un cuerpo sólido—, leyendo los papeles que tenía sobre la mesa. Primero culpé a Walter. Si no hubiese tenido que ir a deshacerme de él al lago, habría estado allí para vigilar mis papeles de la mesa. Podría haber impedido que aquella sombra se metiera en mi cabaña. Podría haber luchado con aquel ser, podría haberme defendido a mí misma. Ese era el sacrificio que había tenido que hacer para librarme por fin de Walter. Él había estado allí para protegerme, así que no había tenido que aprender a luchar, pero ahora lo haría, decidí. Olvídate de ser más feliz, más organizada. Sería lista y fuerte y me labraría mi propio camino. Ni siquiera necesitaba a Charlie, pensé, asombrándome a mí misma. Si perdía a Charlie, seguiría estando bien. Dejó de aullar cuando me acerqué y se puso de pie sobre las patas traseras para mirar por las ventanas, moviendo furioso la cola. Amarré la barca al árbol y arrastré el remo de vuelta a la cabaña. Dentro, nada parecía diferente. Arriba, vi el espacio vacío en la mesilla de noche donde había estado la urna de Walter. Reordené rápidamente los libros y los chismes para rellenarlo. Bajé a la cocina y saqué el pollo y me comí un muslo, que quemaba como plomo ardiente, directo del horno, como si fuese un animal que se hubiese estado muriendo de hambre en el páramo toda su vida.

Volví al escritorio y escribí:

Me llamo Vesta Gul. Si estás leyendo esto, Ghod debe de haberme asesinado. Creo que también ha asesinado a una chica llamada Magda. Es probable que su cuerpo esté enterrado en la islita que hay en el lago frente a mi cabaña. Por favor, dale de comer a mi perro.

Cinco

Una vez hube desmembrado el pollo, lo hube envuelto y guardado como había planeado, le di de comer a Charlie y lo encerré en la cabaña.

—Por una vez, sé un perro guardián. Si entra alguien, ataca.

No me quedé esperando a oírlo quejarse y dar vueltas, me fui sin más y me metí en el coche y volví a la biblioteca, sentía que tenía que investigar más allí. Quería volver a entrar en internet. El ordenador me había guiado hasta aquel punto, ¿no es cierto? Era como un oráculo, una fuerza motriz. Todo detective tiene alguna fuente de sabiduría especial, ¿no? El ordenador era como mi espacio mental. No tenía las respuestas, pero tenía las preguntas adecuadas, eso creía.

Conduje con mucho cuidado por la ruta 17. No quería que Ghod volviese a detenerme. Eso solo retrasaría la historia. Me solía sentir tentada a abandonar los libros cuando se iban desgranando demasiado despacio. «La mitad enfangada», como la había llamado un reseñista un día en la radio. Pero si Ghod iba a matarme, razoné, podría haber alguna satisfacción en llegar al mismo final violento que Magda. La habían estrangulado, eso lo sabía. Las manos de un muchacho, como las de Blake, no podrían haber hecho semejante cosa. Hace falta mucha fuerza para estrangular a alguien hasta matarlo. Magda estaba borracha o drogada cuando pasó. Y desprevenida. Si hubiese estado sobria, despierta, preparada, podría haber luchado contra el asesino, estoy segura. Era combativa como un gato. Tenía las uñas largas. Se mostraba indiferente, pero en un abrir y cerrar de ojos se ponía rabiosa, furiosa. Podía sacarte los ojos, pisotearte el corazón con sus zapatillas de deporte gastadas. Qué horror pensar que aquellas manos crueles, enguantadas, habían estrangulado tanta vida y energía. Si aquellas manos venían a por mí alguna vez, me imaginé que las apuñalaría. Me llevaría la navaja automática de Magda y le cortaría todos los dedos. Con eso, ella y yo triunfaríamos. ¿No sería increíble? El alma de Magda sería libre para elevarse donde quisiera. O quizá se metería en el ordenador, me imaginé, casi riéndome por dentro. Todo existía en internet. Era el infinito en la Tierra. Era como el cielo. Quizá Magda ya estaba allí.

Cuando pasé por la curva de la carretera donde Ghod había señalado que no se veía nada, reduje la velocidad y escudriñé el largo camino que llevaba hasta la casa de los vecinos. Muy rara vez los había visto ir y venir. Habían reaccionado con frialdad manifiesta cuando los vi desde la barca de remos aquel día del verano anterior. Era como si no existiera para ellos, como si fuera invisible aunque, en realidad, más bien creían que estaba por debajo de ellos. No me gustó aquello. No me gustaron ellos. Al pasar por el cruce donde me había parado Ghod, me encogí. Habría jurado que había captado un leve aroma a sulfuro en el aire, el olor del demonio, esa pútrida criatura, un duende, un ángel del dolor y de la oscuridad. Era emocionante sentir tanto desprecio por alguien. Me inspiraba; casi me daban ganas de bailar. Si fuese una artista, pensé, pintaría un lienzo enorme negro y rojo, apuñalándolo arrebatada con mi pincel hasta que me cayese al suelo hecha un ovillo, sudorosa y mareada, mientras el mundo daba vueltas sobre mi cabeza. Deseé poder sentir aquella ansia y durante muchísimo tiempo había creído no poder. Había creído que era vieja. Ya no había posibilidad de éxtasis. Lo único que me quedaba era el contento y la ecuanimidad, eso creía. Culpaba a Walter por hacerme pensar en todo aquello. Era él el que no era capaz de extasiarse, al que le daban muchísimo miedo la alegría y la libertad. Él eligió la casa de Monlith, lejos del mundo, un caserío perdido en medio de hectáreas vacías con hierba que no servía para nada, ni siquiera para que pacieran las vacas. Tierra seca. Digitarias. Siempre aquel zumbido constante de algún insecto feo escondido entre las hojas. Ni siquiera hacía pícnics allí fuera. Walter no me dejaba. Era como si hubiese sido mi captor. Había sido una rehén todo aquel tiempo, pensé. Ahora me liberaría. Me dejaría llevar.

Para cuando llegué a la biblioteca, volvía a estar hambrienta. Compré una chocolatina Snickers en la máquina que había al lado de la puerta y me la tragué en tres grandes bocados.

Nunca antes había estado en la biblioteca tan tarde y me quedé un poco frustrada al descubrir que la mitad de la docena de ordenadores que había en la sala de lectura estaban ocupados por la misma cantidad de chavales con sudaderas con capucha y vaqueros tan holgados que hasta el más rechoncho de ellos me pareció un muñequito de palillos envuelto en tela. Parecían monjes benedictinos sentados allí tecleando, con las caras pálidas frente al frío resplandor azul de sus pantallas. Me quedé mirándolos con impaciencia. Todos estaban boquiabiertos, hipnotizados. Se podía ver que estaban conectados a algo que tenía un poder inmenso sobre ellos. Esto es lo que pasa cuando el espacio mental es internet, pensé. Uno pierde la sensación de ser uno mismo. La mente puede ir a cualquier parte. Y, al mismo tiempo, la mente se vuelve boba cuando se conecta a algo tan absorbente. Igual que las cenizas de Walter en la urna, los ordenadores eran los contenedores de aquellas mentes jóvenes. Si yo también me metía en internet, me convertiría en uno de ellos. Mi mente se conectaría con la de ellos. Y no quería compartir mi espacio mental con aquellos zánganos. Hasta las chicas parecían monigotes, apiñadas sobre los teclados como si no existiese nada más. No tenían ni idea de que allí había alguien mayor esperando, alguien cuyo trabajo era mucho más importante.

¿Era mi Blake alguno de aquellos troles?, me pregunté. Por alguna razón, no parecía posible. No me lo imaginaba en un marco mundano como el de aquella biblioteca. Me lo imaginaba más como los adolescentes de mis tiempos, dúctiles y nada curtidos por fuera, pero con mirada enfadada o triste, con ropa de su talla, ansiosos por complacer a sus padres. Les atribulaba no la presión de lo que salía en la televisión o en el ordenador, sino el deseo de triunfar y alejarse de todo aquello. Seguir pasos más nobles y buscar la gloria a largo plazo, no a corto plazo, como aquellos chavales que tenía en frente. ¿Qué estaban haciendo en la biblioteca? Era obvio que no tocaban ninguno de los libros.

Blake no estaría usando el ordenador en absoluto, si estuviese allí. Estaría esperándome donde las estanterías, así que allí me dirigí, al fondo de la biblioteca, donde se guardaban los libros, una habitación con suelos de linóleo y estanterías metálicas color beis. Era raro que las reformas de la biblioteca no se hubiesen extendido hasta las estanterías. Al parecer, los fondos no habían llegado para aquella zona. La iluminación era tenue y, mientras caminaba despacio por el pasillo, parecía que estaba sola. De pronto, me impactó una peste potente y, cuando dejé de andar, escuché unos pies arrastrándose blandamente, así que me asomé a mirar la esquina del pasillo. Había una vieja, como yo, pero canosa, con un impermeable largo beis y babuchas sucias. A veinte pasos de distancia apestaba a pescado podrido. Ni siquiera se me había ocurrido que hubiese gente sin techo en Bethsmane, pero aquel ser humano era sin duda una indigente. Quizá no fuese una sin techo, pero viviría en alguna casucha, en algún agujero en el suelo, y se arrastraría hasta el pueblo de vez en cuando para sacar libros. No quería ni saber lo que podía estar leyendo, qué libros habría tocado, como si aquella información fuese a envenenarme la mente contra todos los libros, me fuese a revolver el estómago de una manera más profunda de la que ya lo había hecho el olor. Se me empezaron a llenar los ojos de lágrimas.

—La juventud de ahora —dijo de pronto la mujer, mientras se paraba a agacharse.

Levantó un libro del suelo, moviéndose tan despacio que al principio me pregunté si se iba a tumbar y a morirse. Pero le quitó el polvo al libro y lo metió en un estante, después avanzó arrastrando los pies. Esperé al final de un pasillo hasta que desapareció, aunque seguí oyendo sus pasos rítmicos, el frufrú de su abrigo largo. Su peste perduró. Inhalé y sentí naúseas. Por algún motivo, me gustaba que me hubiese disgustado tanto su aroma perverso. Me di cuenta de que tenía el ceño fruncido de forma exagerada y que llevaba así tanto tiempo que me habían empezado a doler las mejillas. Intenté relajarme y respirar por la boca. Después avancé por el pasillo, como había hecho la mujer, e inspeccioné el libro que había recogido del suelo. Para mi sorpresa, eran las *Obras completas* de William Blake. Blake. Blake. Mientras lo sostenía entre las manos, me quedé allí perpleja durante un minuto por lo menos. ¿Qué demonios estaba pasando? Miré la cubierta de tela roja desgastada, mientras sostenía el libro como si fuese una reliquia, como si fuese una cosa cargada. Abrí la portada. El contenido estaba impreso con tipos de imprenta anticuados. Era como hojear una Biblia. No sabía dónde posar la mirada en todo aquel lenguaje amontonado, no sabía qué significaba. Y entonces llegué a una página en la que parecía que se había roto el lomo, porque las páginas dejaron de pasarse, como si alguien hubiese interpuesto el dedo y señalado y en mi cabeza una voz dijo: «Aquí».

Allí, subrayado en lo alto de la página, había un poema corto, de solo una docena de versos en total, titulado «La voz del antiguo bardo»:

¡Cuántos han caído ahí!
Tropiezan toda la noche con los huesos de los muertos,
y sienten no saben qué, salvo inquietud,
y desean guiar a otros, cuando deberían ser guiados.

Estaba claro que era un mensaje para mí del joven Blake, de mi Blake. Qué adorable que me mandase un poema de vuelta. Debía de haber valorado el poema que le había dejado aquella mañana en el bosque de abedules. Era un muchacho muy especial, en realidad. Y con esto en mente, hice algo que antes no habría hecho nunca: arranqué la página del libro y metí el grueso volumen entre las enciclopedias, hasta las que me había alejado no sé cómo mientras leía. No me importaba que la mujer apestosa supiera que había hecho algo así. Era una especie de sirena, pensé, su extraño aspecto y su olor atroz eran puras señales para que me parase a mirar. Ay, qué alegría sentí al encontrar mi siguiente pista, aunque para mí no tuviese ni pies ni cabeza, en realidad.

Eran casi las cinco en punto entonces, y la bibliotecaria hizo sonar una campana —qué anticuado, pensé—, y anunció que la biblioteca cerraría en media hora. Doblé el poema de Blake y me lo metí en el bolsillo del abrigo. Quería estudiarlo con el espacio mental limpio, lejos de los descerebrados de Bethsmane. Al salir, me paré en el baño de señoras, que estaba al fondo de un pasillo oscuro, al lado de la salida trasera de la biblioteca. Lo había usado antes varias veces. Me recordaba a los baños de mis tiempos en el colegio público: el turbio metal pulido que hacía las veces de espejo, los azulejos grisáceos octogonales, las puertas y paneles de madera trabajada y finamente moldeados que separaban los viejos inodoros de porcelana blanca con asientos negro azabache. Las cisternas tenían tanta potencia que parecían destinadas a otra cosa y no solo a eliminar los desechos humanos: alterar la presión del aire en el cuarto, succionar parte de la energía, incluso agotarle a una el espacio mental, pensé.

—Maldita sea —oí decir a una voz mientras el ruido de la cisterna menguaba.

Era una mujer, claro, y cuando me agaché para mirar por debajo de la puerta del cubículo, vi algo que rara vez se veía en sitios como Bethsmane: pies metidos en zapatos tradicionales con tacón de dos centímetros y medio y medias color carne. La gente de por allí no llevaba zapatos y medias así. Las mujeres de Bethsmane llevaban vaqueros o mallas o chándal. A las muchachas jóvenes se las podía ver con pantalones cortos o minifaldas, pero las adultas no llevaban ni faldas ni vestidos. Bethsmane no era para señoras.

Era para gente que cazaba o conducía camiones. No era un sitio elegante. Solo podía encontrar vino en el supermercado y todos los que había eran del país. Había un motivo para que comprase *bagels* que ya venían cortados y necesitaban refrigeración. La panadería donde compraba mi dónut semanal vendía pan, pero era harinoso y estaba lleno de azúcar. Creo que usaban la misma masa para el pan que para los dónuts. Aquel lugar no estaba cultivado en ningún aspecto. La gente comía comida rápida. Si cocinaban, no comían muchas verduras. No sé por qué, porque había granjas por todo el sur del estado. No era que el suelo no fuese fértil. Mis semillas habrían crecido si no las hubiesen robado. Las mujeres se vestían por lo general con telas baratas y sintéticas. Llevaban blusas desteñidas y con brillos, y muchas de ellas tenían los brazos tatuados. Las mujeres con más estilo parecían dignas de ir en la parte de atrás de una moto. Las más blandas, las que simplemente eran prácticas, se vestían con ropa cómoda: zapatillas de deporte o bailarinas de goma de las que encuentras en el supermercado, incluso en invierno, al parecer. Yo tenía botas de nieve de verdad. Tenía un par de zapatillas de deporte, pero prefería llevar sandalias cuando hacía más calor, o mis zapatos cómodos de cuero. Yo también era práctica cuando llegué a Levant, pero me vestí de señora cuando fui una, cuando estaba casada, en Monlith. Había llevado cosas que se abrochaban y faldas con caída, así que sentía que entendía al tipo de mujer que llevaría tacones cerrados y medias, como la mujer que estaba en el baño junto al mío. Allí estaban sus pies, sobresaliendo de la piel de serpiente marrón, raspada y gastada alrededor de los tacones con forma de bloque. Tenía los tobillos hinchados, y había mucha anchura en el espacio en-

146

tre los pies. Había adoptado aquella postura, pero ¿por qué?

—Maldita sea.

Los pies se juntaron, pisaron fuerte las baldosas, después se agrandaron, y luego se oyó un pequeño gruñido. Y después de un rato escuché a la voz decir:

—¿Disculpe?

—¿Hola? ¿Sí? ¿Me está hablando a mí?

—Sí —dijo la voz—. ¿Ve por ahí unas llaves?

De manera instintiva, miré dentro del inodoro, acababa de tirar de la cadena. No creí haber visto ninguna llave allí cuando me había sentado, aunque no tenía la costumbre de buscar nada en los inodoros. Incluso después de hacer mis cosas, no miraba, porque ¿para qué iba a hacer eso? ¿Quién esperaría llevarse la sorpresa de unas llaves en el inodoro? ¿Quién esperaría que hubiese algo allí, salvo lo que sabías que iba a haber?

—No, lo siento. Aquí no hay nada.

—¿Ni detrás del inodoro ni en la cosa del papel higiénico? —preguntó la voz.

Me subí los pantalones, cogí el bolso y me incliné.

—No, no hay nada aquí —dije.

No, no me gustaba lo cerca que tenía la cara del asiento negro del inodoro.

Abrí la puerta del cubículo. La mujer era grande, pero no obesa como las que estaban gordas. Solo estaba rellenita. Por detrás me recordaba a una foca aplaudiendo, por las nalgas achatadas y las manos levantadas hasta el pecho como si estuviese rezando. Se apoyó contra uno de los dos lavabos. Su reflejo borroso en el espejo falso era blanco y rojo. Llevaba el pelo teñido y peinado con laca. No era una mata de pelo bonita, pero estaba claro que le había prestado atención, igual que a la elección del vestido con estampado de flores: unos pensamientos de acuarela color pastel sobre fondo celeste. Casi no tenía cintura y llevaba una rebeca blanca apretada, con bolitas y estrecha en la espalda, le hacía arrugas en las sisas. Era curioso lo plana que era para alguien con sobrepeso, pensé. La barbilla y la papada eran boyantes, aunque no completamente bochornosas. Cuando se volvió hacia mí, le vi la cara, pálida por los polvos. Una raya limpia de maquillaje color azul marino le cubría los párpados. Desde donde estaba, le veía los poros abiertos alrededor de la nariz, los restos de alguna barra de labios de brillo nacarado. Debía de trabajar de recepcionista, pensé. Debe de hacer algo de cara al público para estar en Bethsmane y darle tanta importancia a su apariencia. Si estuviésemos en algún suburbio normal, algún lugar remotamente civilizado, no habría habido nada fuera de lo habitual. En cualquier ciudad de verdad, sería una birria, pero se había esforzado un poco, lo que era asombroso.

Me pareció gracioso que de todos los días en los que podría haberme cruzado con una persona así, hoy fuese tan mal vestida. Para cualquiera de Bethsmane, no iba pasada de moda. Mi peor atuendo era mejor que el que la mayoría de la gente se ponía para ir a trabajar. Aquella mujer también llevaba unos grandes pendientes de perlas falsas. Tendría probablemente unos cuarenta años, pero quizá era más joven. Era imposible saber cuántos años tenía la gente pobre.

—Maldita sea —dijo la mujer, mientras le temblaban los pequeños labios rosas de una forma que me pareció sorprendentemente entrañable.

Retrocedí un paso hacia el cubículo.

—He perdido las llaves —dijo frunciendo el ceño, y luego se dio la vuelta y se puso a llorar.

148

No había visto nunca nada así. Me quedé mirándole los anchos tobillos mientras ella iba al dispensador de toallitas de papel y le daba a la palanca. Arrancó un trozo del áspero papel marrón y se sonó la nariz.

—¿Está bien? —le pregunté.

¿Qué otra cosa podía decirle? Me acerqué al lavabo, pero no me lavé las manos. Estaba agarrando el bolso con demasiada fuerza. No sabía qué hacer.

—Es uno de esos días malos —dijo la mujer—. He venido a devolver un libro y ahora no puedo regresar a casa. Seguramente las he dejado dentro del coche. ¡Ay, Dios! —se volvió a sonar la nariz—. Y mi hijo seguramente ya haya llegado a casa del colegio.

Entonces me miró y, dentro de su desesperación, le vi a Blake en la cara.

—¿Shirley? —dije y solté el bolso. Se me entumecieron las manos y me agaché mientras murmuraba—: Seguramente... Seguramente estén por aquí, en alguna parte.

—Bueno —dijo Shirley. Se inclinó sobre el lavabo, su cuerpo blando marcado por donde la porcelana chocaba contra la barriga, los muslos, era difícil detectar dónde empezaban y terminaban bajo aquel confuso estampado floral—. No sé qué hacer ahora. Tengo otra llave del coche en casa, pero está a quince kilómetros. ¿Sabe...?

Y la voz se le apagó. Se lamió el dedo y se lo pasó por el borde del párpado de abajo, después limpió la cosa negra que había salido —máscara de pestañas— en la toalla de papel. Se volvió a sonar la nariz. Sacó de la cartera una barra de labios y se la puso mientras miraba su vago reflejo en el metal pulido.

—¿Que si sé? —pregunté—. ¿Qué sé?

Cogí mi propio bolso, rebusqué dentro como si me fuese a explicar algo. El poema de Blake en mi bolsillo era como una entrada para algo a lo que llegaba tarde. Habría querido irme a casa, encender una vela, descifrarlo verso a verso. Pero allí estaba Shirley, uno de mis personajes. Tendría que ser inquisitiva, conseguir que se expusiera de manera que no levantase sospechas. Tendría que ganarme su simpatía. Parecía manifiestamente dócil. Cuando me acerqué a ella, yo tan flaca y hambrienta bajo mi chaquetón de plumón, con el frío y los azulejos mal iluminados de aquel baño, casi me dieron ganas de que me abrazara, de que me estrechara entre sus brazos. Daba una sensación maternal. Sin embargo, no podía acercarme mucho a ella, en realidad; de alguna manera, podría estar implicada en el asesinato. Odiaba pensarlo, pero las mujeres mataban niños todo el tiempo. Son las que están más cerca de ellos y sufren más al tener que criarlos.

—Solo quería preguntarle —Shirley se volvió hacia mí, no parecía tenerme miedo, pero era tímida, se sonrojó— si sabe si hay un autobús que vaya a la avenida Woodlawn, hacia aquel lado. Sé que hay un autobús escolar, pero...

—¿Ha vuelto sobre sus pasos? Cuando no encuentro algo, intento acordarme de lo que he hecho al entrar. ¿He colgado el abrigo? ¿He abierto el frigorífico? ¿Me he tomado un vaso de agua? ¿Lo ha pensado? ¿No puede llamar a un taxi?

Shirley suspiró. Volvió a rebuscar en su cartera.

—Tengo el dinero en el coche. Mi monedero. Seguramente al lado de las llaves.

No podría decir exactamente cómo entendí el engaño de aquella declaración, pero me lo tomé como que Blake de alguna manera estaba tirando de los hilos de la fortuna. No importaba si Shirley me estaba diciendo la verdad o no. Blake quería que viese la casa donde vivía con Shirley y en la que Magda había pasado tantos meses en el sótano. Él había cogido las llaves y el monedero de Shirley, claro. Shirley también podía estar involucrada. No estaba segura de hasta dónde llegaba el plan, de si Shirley era lista o estúpida. Su molestia parecía sincera, pero quizá solo fuese que era buena actriz. Una mujer así quizá tenía que serlo, y llevaba un gran disfraz.

—La puedo llevar —dije—, si me dice adónde ir.

Quizá aquello formase parte de la pista de Blake: *¡Cuántos han caído ahí! / Tropiezan toda la noche con los huesos de los muertos, / y sienten no saben qué, salvo inquietud, / y desean guiar a otros, cuando deberían ser guiados.*

Conduje a Shirley hasta mi coche, al aparcamiento detrás de la biblioteca. Me dio indicaciones hasta su casa con mucha educación, señalándome dónde girar, dónde ir más lento, donde la carretera Woodlawn se convertía en la avenida Woodlawn. En ese momento, apareció por el costado de la carretera un chico en una bicicleta en el atardecer grisáceo, con la camisa de cuadros de franela flotando tras él como una capa. Era exactamente como me lo esperaba: los ojos alerta pero distantes, la piel de alrededor casi naranja, como moratones que se estuviesen curando. Tenía la frente gruesa y con crestas sobre los ojos, aunque tenía las cejas poco densas, la piel de un tono oliva ceniciento. La barbilla, muy diferente de la de su madre, estaba cortada como a cuchillo, cincelada, afilada, y la boca era ancha y fina, la mandíbula caía en picado y me recordaba al ancla de un barco. Se había parado al borde del camino de entrada, dos galerías oscuras y gastadas de tierra con hierba recién plantada creciendo en un lecho que había entre las dos.

—Mi hijo —dijo Shirley—. Dile hola a la señora Gool.

Le había dicho mi nombre cuando me lo preguntó en el aparcamiento.

—¿Vesta es diminutivo de algo? —me había preguntado—. Es bonito. Me recuerda a Velveeta. O a vestiduras sagradas.

—Hola —dije, nerviosa porque el chico me viese la cara.

Se inclinó hacia delante mientras agarraba el manillar y rodaba atrás y adelante, como si estuviese haciendo acelerar un motor. Llevaba una camiseta blanca, el pelo corto y peinado con gomina, vaqueros, no demasiado anchos, y botas negras pesadas con suela gruesa con ranuras. Me saludó con la cabeza.

—¿La casa estaba abierta?

—Sí. ¿Se ha roto el coche? —dijo; tenía la voz grave, misteriosa y cariñosa.

—He perdido las llaves, así que la señora Gool me ha traído en coche.

—Te podría haber llevado la de repuesto —dijo, ya encima de su bicicleta y equilibrándose, listo para salir volando.

—Entra —le grité, pero ya había desaparecido carretera abajo—. La bici cabe en el maletero.

—Seguramente vaya a casa de un amigo —dijo Shirley.

Seguimos conduciendo hacia la casa.

—Aquí es —dijo Shirley mientras parábamos—. Permítame que entre corriendo y coja la llave de repuesto. ¿Seguro que no le importa esperar? ¿Quiere entrar?

Por supuesto, aquella era la propuesta que estaba esperando, pero de repente sentí que se desvanecía mi curiosidad.

—Ay, no —dije—. No quisiera molestar.

—No sería una molestia.

—No podría —dije.

—Muy bien, como quiera —dijo Shirley, brusca de repente mientras salía trabajosamente del coche y cerraba la puerta tras ella.

La casa por fuera estaba estropeada, pero tenía más encanto que la caja forrada de aluminio que me había imaginado: pintura azul descascarillada sobre el viejo revestimiento de madera, ventanas oscurecidas con marcos blancos desconchados, una especie de colgante giratorio de cristal que hechizaba las cosas a través del pequeño ojo de buey que había en la puerta principal, que estaba cubierta por un medio alero hecho de metal corrugado. Los escalones de la entrada eran bajos, solo había dos, fabricados con aquella clase de cemento anticuado con guijarros incrustados. Miré a Shirley mientras se encaminaba con delicadeza a la puerta de entrada. Hizo un extraño ritual con el picaporte: lo levantó, luego lo empujó hacia ella, después maniobró hacia atrás con la mano y empujó la puerta con el hombro. La puerta se abrió a una oscura habitación empapelada y vi las escaleras que bajaban. La entrada al sótano sería una puerta que daría a la parte de abajo de aquellas escaleras, pensé. Shirley se volvió, con la cara roja por la tensión.

—¿Está segura de que no quiere entrar? —me gritó—. Me siento mal. Entre a tomar un vaso de agua por lo menos, señora Gool —me hizo un gesto con la mano mientras sujetaba la puerta.

Cedí. Quería ver la casa por dentro. Era una mujer amable. Sabía que no podía haber matado a nadie, no lo haría nunca. Quizá incluso estaría preocupada por Magda, preguntándose por qué no había vuelto a casa las dos últimas noches. Shirley tenía buenas intenciones. Era una persona honrada. Un ama de casa. El suelo de su casa estaba desnudo y gastado, de forma que el barniz laqueado se había quedado apagado en todas partes, salvo alrededor de los rincones de los cuartos y los pasillos.

—Sería mejor que no se quitara el abrigo, hay mucha corriente aquí dentro —dijo Shirley, mientras dejaba la cartera en una mesa blanca de mimbre que había en el vestíbulo empapelado.

El papel de la pared no era muy distinto al estampado del vestido de Shirley: flores amarillas y azules sobre un fondo grisáceo, pictórico, no falto de atractivo, pero manchado donde parecía que había habido una fuga que bajaba por una pared y que había arrancado otros puntos cerca del techo, cubierto de contrachapado en una mitad. Una tubería se había roto, deduje. La otra mitad del techo era de gotelé.

—Venga a sentarse en la cocina mientras yo... —Shirley no terminó la frase.

—Qué casa más bonita —dije.

La cocina era como de otro tiempo, un tiempo que había vivido pero del que no había sido testigo de primera mano, en realidad, porque había llevado una vida muy acomodada con Walter. Las cosas eran de color verde parduzco, de plástico, había paneles de madera falsa en las paredes de la cocina, tiradores de hierro negro en los cajones, olor a grasa de panceta en el aire helado.

—Bueno, por lo menos intento que esté limpia —dijo Shirley, mientras revolvía dentro de un cajón de la parte de atrás de la cocina.

—Una casa vieja como esta debe de ser todo un reto, aunque muy bonito —dije—. ¿Cuántas plantas?

—Los dormitorios están arriba, y el baño. ¿Necesita ir?

—No, no, solo preguntaba. ¿Son solo usted y su hijo?

—Sí, mi niño, mi hombrecito. Es bueno. Hace feliz a su mamá.

Si sabía que Magda estaba muerta, desde luego no lo parecía. Pero ¿qué la ponía tan atolondrada y emotiva? Blake desde luego parecía taciturno fuera en la bici, y me había ignorado por completo. Inteligente, supuse. No querría que su madre averiguase nuestra correspondencia secreta sobre Magda en el bosque. La escalera que bajaba al sótano era estrecha, estaba justo al lado del frigorífico.

La puerta de abajo estaba cerrada. Shirley no me iba a decir que tenía una inquilina. Aunque confiase en que yo no se lo contaría a nadie, pensaría que la juzgaría. Se temería que alquilar un sótano sonaba demasiado vulgar. En el coche me había preguntado dónde vivía.

—Al lado del lago David —le había dicho—. Justo en la orilla, en el antiguo campamento de las *scouts*.

—¡Será una broma! Cuando era pequeña iba allí, ¿sabe? Corriendo por aquellos bosques me envenené con la yedra. Tenían unos cobertizos pequeños allí, no sé por qué. ¿Cómo dijo que se llamaba, Vestina?

Ahora se estaba lavando las manos; la llave de repuesto del coche estaba junto al fregadero. Busqué pistas. Era una grosería husmear, pero Shirley estaba de espaldas.

—¿Alguna vez se inunda la casa? —se me ocurrió preguntarle—. Cuando llueve, ¿se le inunda el sótano?

No se le veía la cara, pero dejó ver un leve indicio de sorpresa.

—El sótano —dijo—. No, no creo que se inunde.

Debajo de un taburete plegable que había junto al teléfono, vi algo amarillo. Di un paso silencioso hacia él y me agaché. Era el mango de un cepillo del pelo.

En un santiamén, lo agarré y lo escondí en el gran bolsillo de mi abrigo.

—No bajo mucho al sótano —estaba diciendo Shirley.

—Ya veo —dije.

Llenó un vaso de agua del grifo. Levanté la mano para rechazarlo.

—¿No? Vale. Bueno, nos podemos ir ya. No sé cómo agradecerle todo esto. No sé qué habría hecho si no.

La seguí hasta la puerta de entrada.

—Su hijo habría ido a rescatarla.

—Pero es peligroso andar con la bici por ahí fuera de noche. Quién sabe qué podría pasar. La forma de conducir que tiene la gente algunas veces...

Era verdad. Yo misma tenía una visión nocturna malísima. Veía las cosas con mucho grano y borrosas en la oscuridad. Walter me había prohibido que saliera después de que él llegaba a casa del trabajo.

—Es cierto, y las farolas están demasiado lejos unas de otras. De noche apenas puedo ver la carretera. Solo los faros —dije, mientras volvíamos andando al coche.

—Me enfermo de preocupación —dijo Shirley mientras cerraba la puerta del coche—. Pero es el precio que tenemos que pagar por vivir en un sitio tan bonito. Odio las ciudades. Fui a St. Viceroy el verano pasado y tardé semanas en recuperarme de todo aquel ruido. Los sitios son muy estrechos.

—Pero las ciudades pueden ser divertidas —dije. Ahora íbamos conduciendo hacia la puesta de sol, de vuelta a Bethsmane—. Tienen mucha energía.

—Me gusta estar aquí. Nadie te molesta.

—Eso sí —dije—. A mí también me gusta eso. No quiero decir que no me guste. Soy muy feliz.

—¿Vive allí sola, en el campamento? Hace décadas que no voy. No me puedo creer que siga en pie, de verdad.

—Sí, estoy sola. La estructura es muy estable. En realidad es muy agradable. Rústico, pero cómodo.

—Todas las chicas íbamos allí en verano —dijo Shirley—. Cuántas cosas hacíamos. A veces me gustaría tener una hija.

—Ay, a mí también —concordé, aunque solo lo dije para ser amable, no lo pensaba de verdad.

—Los chicos son muy brutos y bruscos. Blake tiene mucho aguante conmigo, con que me gusten las cosas bonitas. No es tan bruto, gracias a Dios. Lo que andan diciendo ahora del rugby, ¿del daño cerebral? Prefiero que mi hijo sea uno de esos gays que un vegetal total. Esos pobres padres.

—Eso está bien —dije.

—Le estoy dando la paliza con mi charla —dijo Shirley.

—No sea tonta. ¿A una vieja solitaria como yo? Es un placer tener compañía de vez en cuando. La única persona con la que hablo en casa es con mi perro.

En cuanto lo dije, me entró el pánico. Había dejado a Charlie solo toda la tarde. No creo que hubiésemos estado separados nunca tanto tiempo, no desde que lo tenía.

—Debería salir más —dijo Shirley con amabilidad—. Sé que hay una noche de bingo sénior en las Hermanas de la Caridad. Mi padre solía ir, antes de morir.

Conduje un poco más rápido. Shirley me dio unas cuantas sugerencias más: grupo de punto, club de lectura, voluntariado. Me dijo que incluso la podía llamar si me sentía sola.

—Eres un amor —le dije; lo era.

¿Por qué tenía tanto miedo de preguntarle por Magda? ¿Qué es lo peor que podría hacer ella? ¿Saltar del coche en marcha? Shirley suspiró mientras girábamos en Main Road.

—¿Te puedo preguntar una cosa? —me atreví a decir.

Mantuve las manos firmes en el volante, intenté no tensarlas o temblar, aunque estaba nerviosa. Sentía el cepillo del pelo de Magda dentro del bolsillo del abrigo. El mango era como una pistola que podía sacar. Me calmaba.

—Claro, sí, Vesta, por supuesto. ¿Cómo puedo ayudarte?

Shirley sonaba igual que un agente de atención al cliente de la compañía eléctrica. Cada vez que los llamaba en Monlith, sonaban justo así, más alegres y felices que una persona normal.

—¿Alguna vez has oído algo de crímenes extraños por aquí, en la zona de Levant o en Bethsmane?

—Ay, cariño, ya sabes que hay idiotas trasteando con drogas por aquí. Hace dos veranos voló una caravana en Brooksvale. Explotó. Ves a gente hasta arriba deambular por estos lares. Usan cualquier casa vieja para cocinar sus drogas.

—¿Ningún cadáver?

—Bueno —hizo una pausa y se mordió los labios mientras pensaba en la respuesta—. La gente se muere todo el tiempo, ¿no es cierto? Por triste que sea, la vida es corta, Dios nos bendiga. ¿No es cierto?

—Pero, entonces, ¿asesinatos no?

—Pareces mi hijo. A los chicos de su edad les fascinan esas cosas espantosas.

—¿A tu hijo también?

—Ya sabes, hay que echarles un ojo a los jóvenes, con toda la violencia que hay en el mundo. No sé de dónde sacan esas ideas retorcidas. De las películas, supongo.

—Del ordenador.

—Sabe Dios.

—¿Así que no hay asesinatos?

—No que yo sepa —estaba vuelta hacia a mí en el asiento, mientras se separaba el cinturón de seguridad del pecho—. ¿Te da miedo estar allí sola en esa vieja cabaña? ¿Lees demasiados libros de miedo?

—Eso es. Tengo la cabeza llena de historias de miedo.

—Esta noche lee algo bonito, corazón —dijo—. Algo que te calme. Nadie va a ir a buscarte, Vesta, no te preocupes. Si oyes algo raro, llama a la policía. Irán enseguida. Pero estoy segura de que allí estás totalmente a salvo.

—Estoy segura de que tienes razón. Tengo un perro grande que me protege.

—Ves, ahí tienes.

Para cuando volvimos a entrar en el aparcamiento de la biblioteca, se había puesto el sol. El cielo estaba de color azul casi fluorescente. El aparcamiento estaba vacío, salvo por el viejo Toyota Corolla de Shirley, pequeño y plateado con la bandeja de atrás cubierta con tapetitos.

—Has sido muy generosa y muy amable. Gracias —dijo—. Hasta pronto, espero. Por favor, que no te dé vergüenza. Aquí, en esta tierra salvaje, somos todos vecinos.

Y diciendo eso, salió y cerró la puerta. La observé por el espejo retrovisor. Abrió el coche, entró, lo arrancó y me hizo una señal con las luces. Salí del aparcamiento, con Shirley detrás, y volví a atravesar Bethsmane hacia Levant. ¿Quiénes eran aquellas personas raras y drogadas que andaban vagando por ahí, haciendo explotar sus caravanas? ¿Qué cocinaban exactamente? ¿Cocinaban? Desde lo alto de la colina, donde la ruta 17 se encontraba con la carretera principal, se veían las luces del centro comercial, donde sabía que había un McDonald's. Supuse que podría ir allí, preguntar si alguien que trabajara tras el mostrador conocía a Magda, si alguien la quería ver muerta y demás. Pero eso es lo que haría un detective de la policía. No quería que hubiese intrigas ni habladurías. Había sido bastante discreta con Shirley. Saqué el poema de Blake y lo llevé en la mano mientras conducía. *¡Cuántos han caído ahí! / Tropiezan toda la noche con los huesos de los muertos, / y sienten no saben qué, salvo inquietud, / y desean guiar a otros, cuando deberían ser guiados.* Quizá Blake se refería a aquellos drogatas dando traspiés. Quizá ellos me llevarían al final de la historia. Quizá estuviesen guardando el cadáver de Magda para conseguir un rescate. ¿Estarían allí en la isla, esperándome? ¿Lo sabía Blake? Decidí que tenía que verlo por mí misma. Me puse el poema en el regazo. El cepillo de Magda se me clavó en la pierna. Lo saqué y miré el pelo enredado en las púas. Sí, pelos negros largos. Pelos de Magda. Te encontraré, Magda, dije en mi espacio mental. Conduje más rápido, giré en mi camino de gravilla, me apresuré a aparcar y casi corrí por la gravilla con el bolso en alto hasta la puerta de la cabaña, tan oscura ahora, tan silenciosa, con solo la luna brillando baja en el cielo. Había estado fuera más tiempo del que había planeado. Con suerte, Charlie no se habría hecho sus cosas dentro de la cabaña. Apestaría. Y no podría castigarlo. La puerta estaba cerrada, como la había dejado.

—¿Dónde estás, amor mío? ¿Mi niño querido? Lo siento mucho. Sé que estabas esperándome. Por favor, perdóname. Mi perro bueno, mi buen Charlie.

No apareció. Se había ido. Volví a salir, me quedé mirando los pinares, luego caminé alrededor de la cabaña y miré el lago. En ese momento podía estar en cualquier parte, entendí, después de tantas horas sin vigilarlo. Debía de haber venido alguien con una llave a abrirle la puerta.

Seis

Muchísimas mañanas me había levantado con el sol pálido resplandeciendo en el lago, una suavidad blanca y rosa y amarilla todavía hundiéndose en mis sueños, y en los de Charlie también. Pero aquella mañana me desperté sola. Había conseguido dormir, exhausta, con ayuda del vino. No podría haber salido a buscar a Charlie. Habría sido demasiado peligroso andar por ahí de noche cuando había drogatas sueltos. Seguí pensando en lo que le había dicho a Shirley: «Cuando pierdo algo, vuelvo sobre mis pasos». Pero no podía hacer eso con Charlie. Aquello no ayudaría en absoluto. Así que ahora tenía dos misterios que resolver, el de Magda y el de Charlie y, para colmo, echaba de menos a mi perro. Hacía frío en la cama sin él. Me había comido un *bagel* para cenar, sintiéndome demasiado culpable y demasiado triste para comerme el pollo asado sola. Por eso había salido a buscar un perro para empezar, por el silencio mortal, por la soledad de la casa vacía en Monlith después de que muriese Walter. Mi vacío, sin Charlie, fue peor. ¿Por qué no había vuelto a casa aún? El sol ya había salido. Teníamos que dar nuestro paseo matutino, tomarnos el desayuno, vivir nuestra vida. ¿Se sentía insultado? ¿Se habría creído que lo había abandonado en la cabaña para siempre? No podía hacerme demasiadas preguntas sobre quién había estado en la cabaña, quién había sostenido la puerta, quién había animado incluso a Charlie a que saliese corriendo, ahuyentándolo, seguro, asustándolo, advirtiéndole de que no volviera. «¡Vesta está muerta! ¡Ahora fuera de aquí, chucho estúpido!» Lo había hecho Ghod. No me había permitido pensar en eso, pero lo pensé ahora que el sol había salido y me puse furiosa. Me habían violado. Me habían atacado. Debía de ir por buen camino, pensé, para que Ghod arremetiera así contra mí. Venganza.

Me vestí. No sabía muy bien qué hacer. Debía de tener un aspecto un poco de loca, convulsa, hecha pedazos. A esas alturas, llevaba sin ducharme varios días. Normalmente me habría molestado, pero no me importaba. Estaba demasiado disgustada. Me sentía de pronto como un niño sin madre. Deseé tener a alguien a quien llamar. ¿Encontraría a Shirley?

—Mi perro se ha escapado —le sollozaría.

—Pobrecita. Pasaré después de trabajar para ayudarte a encontrarlo. ¿Has dejado comida fuera? Volverá enseguida cuando tenga bastante hambre. Sabe dónde está su casa.

Pero no tenía teléfono e involucrar a Shirley solo complicaría las cosas. Me podía imaginar la clase de risa que obtendría si llamaba a la policía.

—Vieja loca, a la vieja *scout* se le ha perdido el perro —dirían en la comisaría.

—Me pregunto dónde habrá ido.

—Chucho tonto.

—Probablemente haya huido. ¿Quién iba a querer quedarse con esa vieja, ese monstruo, esa bruja? Hansel y Gretel, ¿no es ese el cuento? ¿El de la vieja loca que vivía en el bosque? ¿O estoy pensando en Ricitos de Oro? Sea lo que sea, es una perra, eso seguro.

Aquellos policías eran unos brutos al hablar de mí de aquella manera. ¿No sabían que había sido la mujer de un científico? ¿No sabían que había llevado los vestidos de mezcla de seda más elegantes, había ido a cenas de la universidad? La mujer de un senador me había felicitado por mi peinado. Habían publicado mi foto en el periódico unas cuantas veces. Había cantado en un coro en el instituto. Había estudiado caligrafía japonesa. Una vez salvé a un gatito que se había escondido en el guardabarros del coche de un viejo. ¿Y para qué servían aquellos policías? ¿Para parar a la gente por exceso de velocidad? Me imaginaba su espacio mental infestado de ratas sin cabeza, vomitando sangre, los huesos del cuello blanco brillante, cabezas cortadas mordiendo cadáveres sin cabeza. Me ponía enferma imaginarme los pensamientos de aquellos monstruos. Si Ghod le ponía la mano encima a mi perro, lo mataría. Ni siquiera le dejaría suplicar clemencia. Le cortaría su gorda y blanca garganta sin más.

Me podía imaginar lo que diría Walter. Lo estaría pensando en ese momento, incluso, desde su lugar de descanso acuático. «No eres lo bastante fuerte para eso, Vesta querida. Tienes los nervios demasiado sensibles. Eres como un pajarito, eres un gorrión, y estás intentando ser un halcón. No tienes ese espíritu. No eres más que una cosita. Sé buena y pía por ahí. Baila un poco, barre el suelo. Mi dulce muchacha emplumada, la muerte no es para ti». Había contaminado el lago para siempre con Walter. Debería haberlo tirado a la basura, haberlo llevado cerrado herméticamente en una bolsa de plástico negra y dejarlo en el vertedero del condado, donde dejaba toda la basura que no quemaba. No es que generase mucha basura. Aparte de los envoltorios de las cosas, los cartones vacíos de leche, intentaba usar el contenedor para hacer compost que había comprado en la ferretería el verano antes. Charlie siempre lo andaba olisqueando. Decían que no se podía compostar la carne, pero los huesos de pollo valdrían, pensaba yo. De todos modos, Charlie no se los podía comer. Si se los comía, se volvían agujas que le podían cortar la garganta. Ay, Dios, pensé, cogiendo mi abrigo. Charlie podría estar herido. Lo podía haber atropellado un coche. Podría habérselo comido un oso o algo peor. Me imaginaba que nada le impediría volver a casa. No a menos que estuviese mutilado y atrapado. Quizá le ha caído encima un pedrusco, pensé. Pero no había pedruscos en Levant. Entonces, bendito sea, me imaginé que se había enamorado. No lo había castrado. Tenía que estar agradecida por eso. Podía estar por ahí fuera, en un rapto romántico, procreando como debía ser desde el principio. Pronto volvería, orgulloso y relajado, y exigiría un nuevo tipo de respeto. «¿Lo ves, Vesta? Ya no soy un bebé, soy un papá orgulloso. Espera a ver mis cachorros.»

Aquello me alegró. Aquello me hizo sonreír. Pero no estaba segura. Después de todo lo que había pasado en los últimos dos días, tenía que asumir que había habido algún juego sucio. Ghod había venido. Ghod quería asustarme, desencaminar mi búsqueda. Quizá estaba vigilándome en aquel momento. Sin los aullidos de Charlie, no tenía ni idea de quién podría estar allí fuera en el pinar.

Abrí la puerta de entrada. Silbé. Llamé. Me daba miedo buscarlo, porque si no lo encontraba, querría decir que había muerto. Y si lo encontraba, lo que encontrase podría ser su cadáver. ¿Era mejor buscar o no buscar? Me debatí con un pie fuera de la puerta. Era otra mañana preciosa y clara en el lago, lo veía a través de las ventanas. La isla estaba allí. Podía fingir que no había pasado nada malo. Podía seguir con mi día, pasear por el bosque de abedules, desayunar. Podría plantar más semillas, escuchar al padre Jimmy, bailar un poco si sonaba alguna canción. Había más vida aparte de un perro por el que preocuparse. Además de Magda, también. Tenía que cuidar de mí. Necesitaba cuidados. Decidí que no iría detrás de Charlie aquella mañana. Me quedaría allí. Pensaría y no pensaría. El espacio mental sin Charlie estaba desolado y aterrorizado, pero también medio vacío. Me quedaba espacio por llenar.

Quizá había una manera, pensé, de averiguarlo todo desde la seguridad de mi propia casa. Quizá no necesitase aventurarme al exterior a investigar. Walter decía siempre que el mundo era sobre todo teórico, ¿no es cierto? Si cae un árbol, ¿cae en realidad? ¿Cómo lo sabes seguro? No deberías creerte lo que ven tus ojos. Ay, Walter. ¿Estaba muerto de verdad? Había visto su cadáver, aunque solo unos minutos. ¿Podía haber estado fingiendo solo para librarse de mí?

—Te mandaré una señal —me había dicho.

Le había estado rogando que accediera a hacerlo.

—Cuando te mueras, ¿volverás de alguna forma? Por favor, inténtalo. Si puedes, mándame una señal de que estás ahí. Y si puedes, quédate conmigo. Pero ¿lo prometes? Aunque sea muy difícil. ¿Lo harás? ¿Por favor?

Así que me lo prometió. Y lo había visto prometiéndolo. Pero no me lo había creído. Si cerraba los ojos, podía volver a Monlith. Podía volver a nuestra luna de miel. Podía estar en el instituto. Podía tener diecisiete años. Casi podía saborear la cáscara amarga de las naranjas que crecían en el árbol que había fuera de la casa en la que crecí. Se supone que no te las podías comer, pero yo me las comía y me daban dolor de barriga. ¿O no me daban? ¿Había crecido en realidad? ¿Había pasado el tiempo de verdad? Qué le había pasado a mi vida, me pregunté. Y con eso, alargué la mano para que Charlie topara contra ella su cabeza sedosa, pero no lo hizo. Así que volví a sentirme destrozada. Las cosas quizá sean teóricas, era cierto. Podía estar imaginándomelo todo, pero aun así dolía. Aun así era triste perder a alguien a quien quieres.

Encendí la radio y preparé una cafetera. Era el padre Jimmy. Parecía estar en el aire cada vez que lo necesitaba.

—Y Dios te dijo...

Fui a lavarme la cara.

—El pecado del hombre es su ceguera.

Me cepillé el pelo con el cepillo amarillo de Magda.

—Bienaventurados los que...

Me serví una taza de café y la llevé a la mesa. Los papeles estaban ordenados en una pila y no como pensaba que los había dejado la noche antes, desperdigados. Pero había estado bebiendo vino. Del bolsillo del abrigo saqué el poema de Blake. El bolígrafo que había usado para marcar los versos era azul, el mismo que en la nota del bosque de abedules.

¡Cuántos han caído ahí!
Tropiezan toda la noche con los huesos de los muertos,
y sienten no saben qué, salvo inquietud,
y desean guiar a otros, cuando deberían ser guiados.

Seguía sin entenderlo. Ojalá viniese alguien a guiarme. Como un perro con una correa, supongo. Que me arrastrase directa al cuerpo de Magda. Entonces se resolvería el misterio. Charlie, pensé, andaría tras el mismo objetivo. A lo mejor estaba montando guardia sobre Magda en ese mismo momento. Podría haber nadado hasta la isla. Me lo imaginaba, sentado, vigilando el cuerpo. Se quedaría así todo el día, esperando que los encontrase. Lo echaba de menos. Sentí un ahogo de preocupación en la garganta.

Magda era una mujer adulta; eso era, en realidad. A su edad, era joven pero había terminado de crecer, estaba completamente desarrollada. Tenía pecho abundante y, me imaginaba, precioso. Su figura tenía esa plenitud de la juventud, con curvas pero delgada, como si estuviese flotando en el agua y la gravedad no tuviese control sobre ella. Era como una ninfa desnuda andando por la superficie del lago. Casi podía verla cuando cerraba los ojos. Podía ir a cualquier parte con los ojos cerrados, a la luna si quería, escuchar el eco ensordecedor del silencio mientras giraba a través del espacio. Eso es el sonido del silencio, ¿no es cierto? ¿El sonido de la muerte? ¿El sonido de la inexistencia? ¿La fricción del no ser? Todo el mundo en la Tierra había oído hablar de la muerte, de vez en cuando. *¡Cuántos han caído ahí!* Otros han vivido y han muerto antes que yo.

Walter. Después de que muriese, empecé a temer descubrir alguna de las pistas que podía estar mandándome desde el más allá. No podía tolerar siquiera la idea de que pudiese seguir aquí, en realidad, observándome sollozar en nuestra cama, en la ducha, observándome mientras le quitaba el moho al pan. Me sentaba durante horas mirando cómo me goteaba mi propia baba de la boca. Cuando llegó el coche para llevarme a la capilla de la universidad al funeral, ni siquiera estaba vestida. Me puse ropa de diario. Había vestido de negro toda la vida.

—¿Quién eres? —me había preguntado Walter cuando me conoció. Era un montaje. Me vestí de negro desde el primer día—. ¿Eres alguna especie de viuda negra?

No tenía que cambiarme para la muerte. Siempre estaba allí. Había estado vestida para su funeral desde el día en que nos habíamos conocido. Aquellas cenizas. Aquella urna. Walter seguía en aquel lago de ahí fuera. No se había ido en realidad, después de todo. Ojalá no le hubiese pedido que se quedase. En mi espacio mental, su voz seguía siendo como la de un adversario ruidoso. Cada vez que me sentía feliz o triste, ahí estaba, metiéndome ideas en la cabeza, pidiéndome que me explicase. No debería haberme casado con un académico. Necesitan analizarlo todo siempre y demostrar sus teorías. Bueno, demuestra ahora, Walter, le dije al espacio mental. Demuestra tu teoría con Magda. Si eres tan listo, ¿la mató Ghod? ¿Dónde está? ¿Qué le ha pasado?

Miré el lago allí afuera, brillando con los colores audaces de los árboles de alrededor. Mi islita se veía dulce y pacífica. Iría. Pronto, me dije. Pero ¿qué haría con el cadáver de Magda si lo encontraba? ¿Lo arrastraría hasta la barca de remos y volvería remando hasta la orilla? ¿Y entonces qué? ¿Lo enterraría? No creía tener la fuerza física para cavar un agujero lo bastante grande. A lo mejor tenía que contratar a alguien. Diría que iba a enterrar a mi perro. O cortaría a Magda a trozos. Como los agujeros que había hecho en el huerto, cavaría y cogería los trocitos de Magda y los colocaría en la tierra negra, los taparía, rociaría agua de la lata, observaría todas las mañanas a través de las ventanas de la cocina mientras brillaba el sol. Esperaría a que le creciesen las raíces de Magda, a que el tallo rajase la tierra y subiera hacia el aire cálido y sibilante. ¿Qué aspecto tendría esa planta? ¿Daría frutos? ¿Podría comérmelos? ¿Me matarían? Quizá ya había trozos de ella plantados por ahí. Le habían hecho algo al huerto. ¿Por qué sacar mis semillas si no iban a plantar algo en su lugar? Pero si Magda no crecía, sería terrible. La carne no era compostable. No tardaría en pudrirse y empezaría a apestar. Charlie podría desenterrar el huerto y traer una mano cortada a la cabaña, meterla entre los cojines del sofá. Pero se había ido. Lo echaba de menos. Volví a mirar el poema de Blake. *Los huesos de los muertos.* Magda no era huesos todavía. No, a no ser que los buitres hubiesen picoteado su carne. Y no había visto buitres volando en círculos. Seguía intacta. Tenía que estarlo. ¿Estaría viva todavía?

Y dicho eso, me pareció una tontería estar ociosa. Decidí ser valiente. Saldría a buscar a Charlie. Haría el esfuerzo. Si lo encontraba muerto, por lo menos lo sabría. Podría conseguir otro perro. Pero no sería lo mismo. Charlie era mi familia. Se me cerró la garganta y me atraganté y tosí mientras me ponía el abrigo y cogía el bolso y las llaves y cerraba la puerta de la cabaña. La cerré con llave. No quería que entrase nadie y enterrase manos en el sofá o, peor, enterrase manos cortadas en el sofá y luego se las llevara para que nunca me enterase. Pero quería saber si venía alguien e intentaba enterrar manos. No lo sabría nunca, a no ser que dejase la puerta abierta. Así que la abrí e hice lo que había visto una vez en un programa de televisión: cogí un carrete de hilo blanco que había usado meses antes para coser el borde roto de una almohada a la que se le estaban saliendo las plumas (me despertaba con la boca llena de plumas de ganso diminutas). Desenredé la bobina hasta que tuve un hilo de más o menos un metro de largo. Até un cabo al pie de la mesa que había junto a la puerta, a unos tres centímetros del suelo, y el otro cabo a una taza de té. Lié el hilo alrededor del asa de porcelana y la puse en el suelo para que el hilo estuviese tenso. Si un intruso irrumpía en mi casa, se engancharía el pie con el hilo, aunque no se tropezaría necesariamente. La taza se deslizaría y se desportillaría contra la estufa de leña. Entonces lo sabría. Incluso si el intruso volvía a poner la taza en su sitio, vería las roturas. Sabría la verdad de lo que había pasado. Cerré la puerta con suavidad tras de mí y me fui al coche, lista para conducir por Levant con la ventanilla bajada, llamando a Charlie.

—Eh, chico. Eh, Charlie. Sal. Sal del bosque a la carretera.

Me oiría y vendría corriendo. Pronto nos reuniríamos y dormiríamos juntos por la noche, acurrucados bajo las mantas. Soplaría una brisa fría. Y lo acariciaría y lo besaría y le prometería no dejarlo solo nunca, otra vez no, ni por un segundo. Y él ronronearía y me chuparía la cara y gemiría y se acurrucaría y soñaríamos juntos. Sería tan maravilloso...

En el coche, metí la llave en el contacto y lo arranqué. Pero no pasó nada. El coche parecía muerto. Del motor no salió siquiera ni un clic ni una explosión. Saqué la llave y lo volví a intentar. Debe de ser la batería, pensé. Debe de necesitar que lo arranquen. A lo mejor me había dejado las llaves encendidas o la puerta entreabierta. Pero ¿qué sabía yo de coches? Podía ser cualquier cosa. Si hubiese tenido teléfono, podría haber llamado a una grúa o hasta pedirle a un mecánico que viniese a darme un presupuesto en el acto. Me imaginé al hombre con su mono grasiento, fumándose un cigarrillo y mirando al lago.

—Qué buen sitio tiene usted aquí. ¿Sabe que esto era antes un campamento de las *scouts*?

—Sí, lo sé. ¿Qué pasa con mi coche? ¿Me puede ayudar?

—Lo que tiene usted aquí es un problema de cableado. Parece que han seccionado uno de estos cables.

—¿Seccionado, dice usted?

—Significa cortado.

—Ya sé lo que significa.

—Bueno, estoy intentando ayudarla, señora. No he venido hasta aquí para sacarla de quicio.

—No hay quicio, señor —diría yo. Ah, y me pondría quisquillosa—. ¿Quién ha cortado el cable? ¿Qué significa esto?

—Significa que alguien ha venido y ha cortado el cable. Ahora, quizá lo ha cortado usted. ¿Cómo voy a saber quién lo ha cortado?

—¿Por qué iba a cortar yo mi propio cable? ¿La gente hace esas cosas?

—La gente que se siente sola lo hace. Como cuando llamas a la ambulancia porque te acabas de cortar las venas.

—Dios mío.

—¿Se cree usted que es la primera?

—No soy ni la primera ni la segunda. No soy esa gente. No he rajado ni seccionado nada.

—Lo que usted diga. Yo estoy aquí para ayudarla a arreglar sus cables.

—Se lo agradecería.

—Estoy a su servicio, señora.

—Llámeme Vesta.

—Muy bien, Vesta.

—¿Y?

—¿Y qué?

—¿Lo puede arreglar?

—No se puede arreglar. Lo que tiene usted aquí es un daño irreparable. ¿No sabe que no hay vida después de la muerte? Sabe que se acabó, ¿no? No va a ir a ninguna parte.

—No puede ser. Iré andando si hace falta.

—Lo puede intentar, señora Vesta. Pero lo único que le diré es que si entra en ese bosque, ese bosque es lo único que verá.

—El padre Jimmy dice...

—El padre Jimmy lleva muerto años. ¿Los programas de radio? Son todos reposiciones. Todos escupiendo lo mismo una y otra vez. «Mi marido tiene cáncer de testículos. ¿Significa eso que tiene una aventura?»

—¿Cómo sabía lo de mi marido?

—¿Cómo no adivinarlo?

—Yo no podría haberlo adivinado. No tenía ni idea.

—*¿Cuántos han caído aquí?* —y señalaría la piedra roja que sobresalía junto al agua.

—¿Cómo lo iba a saber?

—Debería saber esas cosas. ¿O es una ignorante? ¿No ha recibido una educación?

—Habla usted igual que mi marido.

—Debió de quererla mucho.

—Ahora está ahí —señalaría al lago.

Y por allí vendría Charlie, volviendo desde el lago, salpicando, con un brazo humano o una pierna entera arrastrando, agarrándola entre las mandíbulas.

No miré debajo del capó. Podría haberlo hecho sonar y vaciado las hojas secas de debajo, lo que fuera. Sabía que era inútil. La cosa estaba muerta, estaba para enterrarlo. Aquel viejo pedazo de chatarra. Lo había conducido desde Monlith a Levant. Había hecho mandar todas mis cajas desde la oficina de correos de Monlith, pagadas de antemano, y llegaron una a una. Los muebles eran todos de la tienda benéfica de segunda mano de la iglesia de Bethsmane.

Subí por el camino de gravilla hasta la carretera, pero no la crucé, y pasé la ladera que llevaba hasta el bosque de abedules. No quería más pistas de Blake. Ya había tenido bastante Blake por ahora. Me dijo que necesitaba que me guiasen, pero me sentía lo bastante fuerte para hacer yo de guía. Tenía la correa de Charlie en el bolso y, cuando lo encontrase, se la pondría y ahí la dejaría, me ataría el cabo suelto alrededor de la muñeca como unas esposas. Y con esta correa, yo te desposo, pensé. Igual de significativo, diría, como aquel anillo que me había quitado. Ahora estaba en un frasquito de cristal, junto con los dientes de leche de Charlie. Me los había encontrado en el suelo un día, los caninos, aunque no parecía que a Charlie le faltase ningún diente. Una solo hace suposiciones, pensé. ¿Y qué sabía yo de odontología canina? No era el tipo de mujer que hace preguntas. Una buena detective supone más que interroga. Podía suponer que Charlie estaba vivo, retenido en alguna parte contra su voluntad. Podía suponer que el asesino de Magda no eran ni Blake ni Shirley ni Leonardo. Suponía que el asesino sería probablemente Ghod. Suponía todo aquello. Y suponía que mi coche había muerto como consecuencia de que lo había conducido demasiado la otra noche. Algo sonaba como suelto. O un animal pequeño se había metido en el motor y mordisqueado algún cable. Supuse que no sería un sabotaje intencionado. Y supuse que, para cuando terminase el día, se resolverían todos los misterios. No me preocuparía por aquellos asuntos durante mucho más tiempo. Porque las cosas así no pueden durar mucho sin transformarse en dramas mayores. Y esto no era un drama mayor. Era una novelita policiaca casera. Una nota, un perro perdido, una urna de cenizas tiradas en un lago. Me volvería loca si seguía con el tema. Pronto Magda se estaría recuperando en el hospital, y le mandaría flores y un osito de peluche. Es probable que fuese todo un burdo malentendido.

No sabía exactamente hacia dónde caminar, pero sentía que debía evitar el bosque de abedules. Charlie no estaría allí. La vista de aquellos hermosos árboles, su suave blancura borrosa a través de la luz del sol, me estremeció. Subí por la carretera principal y enumeré los restantes personajes de mi historia. Estaba Henry. Tenía la fuerza y el espíritu dañado como para tener a un perro atado detrás de su tienda, quizá por un favor que le debía a Ghod. Y también era una persona sencilla, cálida, a quien Charlie podría obedecer. El paseo hasta la tienda de Henry era de unos cinco kilómetros. Podría ir hasta allí, fingir que necesitaba usar el teléfono, husmear, jalar de los picaportes de cualquier puerta que encontrase en la parte de atrás. Charlie podía estar en un sótano, atado a un viejo radiador siseante. Quizá no tuviese agua. Ay, estaría tan triste allí abajo. Esperaba que Ghod o Henry no le hubiesen pegado, pobrecito. Mientras andaba siguiendo la carretera, me mantuve por el borde de tierra que corría junto al filo desmoronado de la carretera pavimentada de gris. En ciertos sitios, veía un brillo casi blanco delante de mí.

Había andado más o menos un kilómetro y medio cuando llegué a la curva de la carretera en la que el camino de los vecinos se abría a un lado, en un claro entre los pinos, un largo sendero retorcido de tierra. Me paré allí, sopesando lo que podría encontrar si lo seguía. Había un viejo buzón de metal sobre un poste en el recodo. Nadie me observaba, así que fui y miré dentro. El correo que saqué era una circular con descuentos dirigida a la «residencia de los Current» y lo que me pareció una factura hospitalaria. Me metí la factura en el bolsillo del abrigo y estaba a punto de seguir por la carretera principal, para estar a una distancia lo bastante segura como para abrirla y averiguar lo que pudiese de los aprietos médicos de aquella vecina. Quizá fuese el cobro por unos puntos en la mano de cuando había forcejeado con Magda y su navaja. Podría ser cómplice de Ghod. Si Ghod estaba extorsionando a Magda, podría estar extorsionando a la vecina también. Pero manipular el correo era un delito, ¿no? No era una criminal. Estaba por encima de la ley, sí, en eso estaba por encima de Ghod. Estaba más arriba en el escalafón de la justicia que la policía. Lo que hacía no era manipular sino involucrarme.

Así que empecé a avanzar por el sendero de tierra a través de los pinares, el eco del día a cielo abierto de inmediato fue apagándose y disminuyendo dentro de la oscuridad del bosque. Poco a poco, sentí que mi respiración se iba volviendo más pesada, trabajosa. Descansé con la respiración sibilante. Era alarmante lo alérgica que era a aquellos pinos. Eran tóxicos para mí y sin embargo me las había arreglado perfectamente bien durante todo un año, manteniéndome alejada de ellos a pesar de su proximidad. Seguiría. Perseveraría. No vi ninguna huella de pezuñas ni de pisadas en la tierra, que estaba compactada por dos pistas de marcas de neumáticos, el dibujo de las bandas parecía un paisaje urbano. Es curioso en lo que se fija la imaginación cuando los pulmones de una se están, no sé, ¿llenando de fluidos? ¿Cerrándose en banda? ¿Expandiéndose como la masa de las tortitas cuando se le añade el bicarbonato, espumándose? Era como respirar a través de una pajita estrecha, el aire afilado me apuñalaba el pecho. Desde fuera es probable que pareciese una vieja débil agotada. Para cuando llegué al camino de gravilla de los vecinos y vi su enorme coche negro aparcado, su cabaña de listones grises de madera —más grande que la mía, pero no más bonita—, allí en el lago, ya se veían estrellas. Me dirigí al claro y me topé con el césped —tenían césped allí plantado— y fui y me agaché junto al lago y esperé, mientras pensaba en casi nada y respiraba lento, lento, y al final mis pulmones empezaron a expandirse, mi cabeza se calmó y pude inhalar y exhalar casi con normalidad. Para entonces, habían aparecido a mi derecha dos siluetas definidas, sombras más largas de lo que parecía factible teniendo en cuenta la posición del sol en el cielo. Una era el hombre y la otra era la mujer. Parecían sobresaltados, y yo debía de parecerlo también. Iban muy arreglados. Parecían salidos de una postal antigua, el tipo de foto que te haces en un estudio donde te disfrazan y te colocan frente a un fondo del Salvaje Oeste o algo de este estilo. Había visto fotos así, pero por supuesto Walter y yo no habíamos hecho nunca nada parecido.

—¿Necesita ayuda?

No contesté. Por un momento, sentí que el mundo se inclinaba a su favor. Puse una mano en el césped, pero seguí con los ojos fijos en ellos. La mujer, con un vestido con corsé ajustado y falda pesada, marrón como el lodo, dio un paso adelante. Llevaba puesto un sombrero. La cinta le cortaba delgadas papadas en la garganta. Iba al mismo tiempo elegante y severa con aquel atuendo anticuado. Su marido, supuse que sería, la agarró del brazo y la hizo retroceder.

—¿Se ha perdido? —preguntó la mujer.

—Esto es propiedad privada —dijo el hombre—. Esta carretera es privada. ¿No ha visto el letrero?

No sé cómo me levanté del suelo. El mundo se estabilizó. Había más luz ahora en el césped, una luz más amable. Revolotearon unas cuantas mariposas. La cabaña no era, según noté, tan anodina. Había unos postigos abiertos en las ventanas pintados de naranja oscuro. Había tulipanes que salían del mantillo que rodeaba los escalones de la entrada. Las ventanas tenían cristales nuevos, transparentes. Su vista del lago era mejor que la mía. Hasta podía ver mi islita desde allí. Una canoa golpeaba los pilotes de un embarcadero de madera nuevo. Aquello era una vida real, allí, un hombre y una mujer, pensé. Los había importunado.

—Lo siento muchísimo —dije, mientras se me abría la garganta. De pronto, me sentí muy avergonzada—. Me he quedado sin aliento en el paseo. Debe de parecer muy raro que una vieja venga a desmayarse en su jardín. Les pido disculpas. Debo de haber girado donde no era.

Las figuras disfrazadas ladearon la cabeza. Los ojos del hombre brillaban con la luz del sol. La luz serpenteaba a través de las grandes ramas de los pinos que bordeaban el jardín. Se estaba bien allí. Si no fuese por el coche moderno del camino, podría haber sido una hacienda colonial. Podría haber sido un museo, como esos donde hay actores que interpretan a gente de otro tiempo y puedes pasear por ahí y topártelos batiendo mantequilla o haciendo jabón con manteca de cerdo o asando un cordero o tejiendo en el telar o martillando acero caliente.

—¿Puede andar? —dijo el hombre. Parecía ansioso por que saliese de su propiedad.

—Ay, sí, sí. Parezco frágil, ya lo sé —dije, y luego hice una pausa. La factura del hospital crujía dentro del bolsillo de mi abrigo—. Estoy bien, bien. Creo que soy alérgica a esos pinos.

Nos quedamos callados, el hombre estaba impaciente. La mujer le susurró algo. Él se fue y entró en la casa, con las colas de su chaqueta arrugada aleteando tras él.

—¿Necesita ayuda para encontrar el camino de vuelta hasta la carretera? —preguntó la mujer.

En ese momento se me acercó, andando despacio, con fluidez, como si se desplazase sobre unas ruedas. Me mareé un poco al ver su cara volverse más grande.

—Estaré bien —le dije. Empecé a sacar la factura médica del bolsillo del abrigo, pero dudé y me detuve—. ¿Me permite que le pregunte si están disfrazados para algo?

—Tengo cáncer —dijo.

—Lo siento mucho.

—Vamos a celebrar una pequeña fiesta, en mi honor. Mejor ahora que cuando ya no esté... No voy a hacer la quimio.

—Entiendo.

—Los victorianos estaban obsesionados con la muerte. Es la temática.

—¿La temática?

—La temática de la fiesta —dijo—. Vamos a hacer una fiesta de crimen misterioso. A mi marido le pareció que sería divertido. Un juego, ya sabe. A algunos de nosotros nos gusta ese tipo de cosas. A mis amigos.

No sabía qué decir. La coincidencia —que ambas estuviésemos metidas en un crimen misterioso— al principio me pareció más un punto en común que una conspiración. No podía pensar con claridad. Pensé en ofrecerle a la vecina mis conocimientos, todo lo que había aprendido desde que le había preguntado a Jeeves cómo resolver el asesinato de Magda, pero ella me estaba mirando raro, como si yo la hubiese mirado con desprecio. Se apartó.

—¿Vive por aquí cerca? —me preguntó con un poco de frialdad.

—Soy su vecina —dije.

—¿Del campamento de al lado? ¿El antiguo campamento de las *scouts*?

Asentí.

—Iba allí cuando era pequeña. Quisimos comprarlo cuando estaba en venta, pero me puse enferma. Me crié en Port Mary.

Port Mary era la ciudad costera más cercana, donde estaba la prisión estatal. Había pasado por allí en coche una vez, parecía una fortaleza, un castillo, con todas aquellas torres y las alambradas con arabescos sobre la bruma que rodeaba el muelle.

—Recuerdo ir y volver en canoa hasta la islita. Había una historia de fantasmas que la gente contaba alrededor de la fogata.

—¿Historia de fantasmas? —dije, e intenté reírme, pero me salió una especie de cacareo.

—Ghod nos dijo su nombre una vez. ¿Perdone, cómo era? Él vendrá más tarde. Le hemos dado el papel de investigador principal con instrucciones para que venga vestido de Sherlock Holmes. Aunque es probable que aparezca con su uniforme, como siempre.

—Esos guantes de cuero negro... —empecé a decir.

—Sí —dijo ella—, esos. Señora...

—Gool —dije, para no confundir las cosas.

Pasó una nube por algún lugar del cielo y la luz del sol se atenuó en el jardín. Una brisa fría me hizo temblar. La mujer se arropó en un chal, que ahora vi como una tela de araña que le colgaba de los hombros.

—¿Podría —pedí con humildad— darme un vaso de agua?

Hizo una pausa, puso cara de preocupación mientras miraba entrecerrando los ojos hacia aquellas ventanas limpias, casi invisibles, que daban al jardín.

—Me queda un largo camino por delante —seguí—. Estoy buscando a mi perro, Charlie. ¿Lo ha visto? Llevo todo el día buscándolo. Y mi coche tiene un problema, así que he ido andando.

—Debe de estar preocupada.

—Aterrada, sí. Es mi único... —y entonces me callé.

—Bueno, sí, claro. Entre —dijo, pero me echó una mirada de sospecha.

Parecía tener la idea de que era inapropiado y grosero aparecer sin que me invitaran cuando iba a dar una fiesta por su propia muerte. Hizo un gesto y la seguí a través del césped hasta la casa, a través de los vientos cambiantes, andando despacio porque mi equilibrio, mi sentido del espacio y de la dimensión seguían un poco difusos.

—Si no le importa —dijo cuando llegamos a la puerta mientras señalaba mis botas, que tenían una costra de agujas de pino color castaño y de fango y hojas secas—. Acabo de limpiar el suelo. Los invitados llegarán en una hora o así.

—Pues claro —dije, y cuando me agaché para desabrocharme la bota, debí de desmayarme.

Lo siguiente que recuerdo es que estaba volviendo en mí en un sofá tapizado de terciopelo color naranja oscuro. En la luz clara que entraba por las ventanas, el sol reflejándose en el lago me provocó un gesto de dolor. Había un gran piano antiguo, una cascada de calas atravesaba una pulida mesita de centro oscura, libros y más libros, todos encuadernados en tela, una biblioteca entera de estanterías en las paredes a ambos lados. Sonaba un disco de sonatas para piano de Schubert. Era como si me hubiesen transportado a otro tiempo, a otro país. «¿Dónde estoy?», me pregunté, y saqué la mano como si Charlie fuese a estar allí para lamerla. El cuarto se movió un poco, había un olor a mirra quemándose, un ruido metálico que venía de otra habitación, y volví a adormecerme con el brazo colgando, y luego alguien me estaba sosteniendo la muñeca. Unos dedos fuertes, fríos.

—Está bien —dijo una voz de hombre.

Cuando levanté la vista, allí estaba él, blanco como un fantasma con su extraña blusa blanca. Volvió a ponerme el brazo en el suave terciopelo.

—Se pondrá bien. Tenía el pulso débil cuando se desmayó, pero creo que se ha recuperado. Tome un poco de Benadryl. ¿Puede andar?

—No lo sé.

La mujer me alargó dos pastillas rosas fluorescentes.

—Por favor, señora Gool. ¿Cómo se encuentra? —preguntó—. Le he traído un plato de entrantes. Es lo único que tengo, para la fiesta, me temo.

Cogí las pastillas y me las tragué con un vaso de agua que había en la mesa junto a mí. La mujer señaló una bandeja de plata repleta de diminutos y delicados bocados. Una quiche minúscula, una hebra de espárrago envuelta en carne, un huevo relleno, una croqueta, una mota de tarta de queso de cabra. Los reconocí todos por una revista desfasada que tenía yo misma en el baño, un número de *The Gourmand*. No quería mirar otra vez al hombre. Mi instinto me decía que no era de fiar. Me recordaba a un vampiro. Me lo podía imaginar mutilando a un animalito. Parecía que no le gustaba que yo estuviese allí.

—Se pondrá bien —me dijo la mujer.

Supongo que debía de tener un aspecto confuso, con la boca abierta, encogida, con los ojos agrandados al verlos allí uno al lado del otro otra vez, como si fuesen un antiguo retrato embrujado: *Un caballero y su esposa.*

—¿De verdad me he desmayado?

Mi voz era débil, distante, como si saliera de los pinares, un eco débil del envenenado más allá. Las paredes de la casa estaban empapeladas con un diseño gris apagado de cachemira. Todo era tan fino, tan elegante, tan ornamental. No se parecía en nada a mi cabaña y a mis destartalados muebles de segunda mano, a mis suelos burdamente pintados en plano, a las habitaciones con paneles oscuros, a los crujidos, a las manchas de no sé qué en el viejo sofá. ¿Estaba soñando? Cerré los ojos y dejé caer la cabeza hacia atrás. Escuché susurrar al caballero y a su esposa.

—¿Qué estaba haciendo ahí fuera, de todas formas?

—Buscar a un perro.

—¿Qué clase de perro?

La mujer carraspeó y levantó la voz.

—¿Qué clase de perro dijo que era?

—¿Era? —dije yo, casi dormida.

—Su perro.

—Se escapó —murmuré—. Es muy raro en él.

Volví a imaginarme a Charlie, o por lo menos lo intenté. Apenas podía recordar la forma de su hocico, el color de su bonito pelo. Me llegaba más o menos a la altura de las rodillas. Intenté evocar palabras que lo describiesen, pero solo dije:

—Grande y marrón.

—Me preocupa que un perro ande suelto. Ya sabe que hay cazadores en el lugar.

—Y lobos.

—Los osos están saliendo de su hibernación. Cualquiera que ande por el bosque de noche está en peligro —dijo el hombre.

Parpadeé para abrir los ojos. Intenté incorporarme para sentarme. La bandeja de plata de entrantes estaba frente a mí en la mesita de centro. Alargué la mano para coger uno, pero solo agarré el aire.

—¿Deberíamos llamar a la ambulancia?

El hombre refunfuñó algo.

—Ese perro —dijo, con el tono de un inspector—. ¿Cuándo se escapó?

—Anoche —contesté.

—Creo haberlo oído.

Me senté muy erguida. Se me empezó a despejar la cabeza.

—¿Cómo? —pregunté—. ¿Ha oído a mi perro?

—Anoche, después de medianoche —dijo el hombre, mientras iba andando hacia el piano—. Oí algo crujir fuera, en el jardín. Más grande que un mapache. Me despertó. ¿Tiene la rabia?

—Por supuesto que no —dije.

—Podría haber sido cualquier cosa —dijo la mujer.

—Pero podría haber sido un perro —dijo el hombre.

Se sentó en el banco del piano; con uno de sus dedos largos, blancos, peludos tocó una nota aguda. Sonó fuerte, disonante con el Schubert. Me estremecí.

—Siento lo de su perro —dijo la mujer. Parecía querer dejar de lado aquella preocupación—. ¿Puede ponerse en pie, señora Gool?

Volví a mirar los extraños trozos de comida que me había ofrecido. Parecía poco prudente comérselos.

—Nuestros invitados llegarán pronto. Le ofrecería una cama en la que dormir, pero me temo que...

—Estoy seguro de que está bien —dijo el hombre—. ¿Sabe cómo se llama? —me preguntó con burla—. ¿Sabe quién es el presidente?

—Sí, sí, estoy bien. Por favor —contesté, moviendo la mano.

—¿Cuántos dedos hay? —levantó dos de aquellas cosas largas y torcidas, mientras seguía con la mirada bajada hacia las teclas del piano—. No es que la amnesia tenga nada demasiado terrible. Mire a Henry. Parece arreglárselas bien. Mejor incluso que si se acordara —murmuró el hombre.

—¿Henry?

—El hombre de la tienda. Le dispararon en la cara, ¿sabe? —dijo la mujer.

—Qué feo —dije—. Supongo que a uno le gustaría olvidarse de algo así.

—Daño cerebral —dijo el hombre, tocándose el pelo moreno y grasiento—. He leído en alguna parte que cada vez que pierdes la conciencia, se te muere una parte del cerebro.

—No creo que sea verdad.

—¿Es usted médica? —su voz sonaba desenfadada, falsa, condescendiente.

—Mi marido era doctor —le dije—. Murió, pero era doctor. Nunca le oí decir nada sobre perder la conciencia. Quiere decir que cada vez que te duermes...

—Es una broma —dijo la mujer.

—Es solo una broma —dijo el hombre—. Siento lo de su marido.

—Bueno, fue hace mucho —empecé a decir, y casi se me escapó que había tirado la urna y las cenizas de Walter en el lago, pero no lo hice.

Se podría considerar un crimen deshacerse de restos humanos sin permiso. Los vecinos quizá tendrían motivos para presentar cargos contra mí por contaminar, y eso era lo que sentía que había hecho, en realidad. Había contaminado el lago para siempre contra mí misma con el espacio mental de Walter. Ahora Walter tenía todo el lago David para nadar por él.

—Tengo aquí un libro de autoayuda —dijo la mujer, yendo hacia las estanterías y sacando un libro—. *Muerte,* se llama. Me ha ayudado muchísimo.

El hombre se levantó, sacó pecho, caminó con gesto desafiante hacia su mujer y le quitó el libro de las manos.

—Cójalo —dijo, y me lo alargó. No pude levantar la vista para mirarlo—. A lo mejor la ayuda en su duelo. Un marido y ahora un perro, debe de ser difícil.

Su voz era cortante, como si quisiera apuñalarme con ella el corazón. Pero no me lo apuñaló.

—Cuánta generosidad —dije, mientras sostenía el libro contra el pecho como si pudiese servirme de consuelo.

Lo odiaba. Me recordaba a Walter recalcando mi debilidad y ofreciendo su gran intelecto y sus ideas para reconfortarme. Abrí el libro, las palabras danzaron ante mis ojos. La mujer suspiró.

—Estoy segura de que me ayudará —dije—. Ahora, cualquier cosa me serviría de ayuda. Cualquier pista —cerré el libro—. Haría cualquier cosa para encontrar a mi Charlie.

—Sí, tiene un misterio que resolver. Y puede hacerlo. Un perro en el bosque es más que una aguja en un pajar. Lo encontrará, señora Gool —quizá le parecí triste, porque, aunque estaba impaciente por escoltarme hasta la puerta, me dijo—: Para resolver un misterio, lo mejor es observar las pistas y luego ensamblar con ellas la situación que tenga más sentido. Y entonces puede recrear el crimen.

—¿Quién ha dicho nada de un crimen? —dijo el hombre con enfado, mientras tocaba una extraña tríada menor en el piano.

—Bueno, solo de forma hipotética. En una cena de crimen misterioso, antes de que se revele el asesino se supone que el inspector tiene que reconstruir el crimen.

—Ya sé todo eso —le dije—. Estoy familiarizada con los misterios.

Ella intentaba ser servicial, pero el marido estaba muy irritado. Después, como si hubiese oído mis pensamientos, el hombre volvió a preguntarme:

—¿Puede andar?

Me levanté.

—Creo que sí —dije—. ¿Ha visto algo escarbado? A mi Charlie le gusta escarbar.

—Hemos hecho nuestras propias excavaciones —dijo el hombre secamente—. Si hubiese alguna otra excavación en nuestra propiedad, pediría que se rellenasen los agujeros.

—Por supuesto —dije, recuperando el equilibrio.

Era de esperar de un caballero que se acercase para que me apoyase en su brazo, por lo menos que me acompañase a la puerta, me despidiese, pero no. Allí se quedó toqueteando las teclas negras y blancas agudas de su piano, como amenazando con tocar algo extraño e inquietante. La mujer les echó una mirada a los aperitivos. Por educación, me agaché y cogí uno, un frágil fragmento de tarta de queso de cabra. Tenía miel rociada por encima. Había pensado que la combinación de queso de cabra y miel era rara cuando vi la receta en *The Gourmand,* pero estaba rica. La mujer me alargó una servilletita. El hombre tocó un trino agudo, espeluznante, que nos sobresaltó a las dos.

—Supongo que debería irme —dije.

—Estaré atento por si veo a su perro —dijo el hombre. Deseé que no lo hiciese. No lo quería cerca de mi Charlie—. Recupérese, señora Gool.

—Ah, estaré bien. Solo un poco acalorada, seguramente. Ha sido un placer conocerlos —mentí—. Y gracias otra vez por el libro.

—¿Ha llamado a la policía? —preguntó la mujer—. ¿Al refugio de animales? ¿A caza y pesca? Podría poner carteles por el pueblo. En la tienda de Henry, por ejemplo. O en internet. Dicen que cuando desaparece una persona, las primeras veinticuatro horas después de la desaparición son las más cruciales para la búsqueda.

—Sí, sí —dije a toda prisa, de pronto avergonzada y abatida—. Debería ponerme a ello.

Intenté parecer contenta mientras recorríamos el pasillo. No entendía la casa. Desde fuera, parecía una estructura rústica sencilla, pero por dentro era como palaciega. Quizá fuesen mis nervios crispados, mis ojos que veían cosas. Pasamos el arco abierto que daba al comedor. Una larga mesa oblonga estaba puesta con una vajilla brillante. Copas y candelabros. Desde la cocina me vino un olor a asado. Si Charlie estuviese cerca, estaría aullando, salivando hasta formar un charco frente al horno.

—Qué bonito —dije—. Ah, y usted: espero que se recupere del todo. Diviértanse. Y gracias por acogerme. Espero no haberles molestado mucho.

—Por favor —dijo, negando con la cabeza—. Solo he venido a casa a disfrutar de mis últimos días en la Tierra con mi marido.

—Pásenlo bien.

Entonces me fui, crucé el jardín, dejé atrás su coche negro y subí por el camino de tierra a través de los pinos, tamborileando los dedos en el libro que seguía sosteniendo contra el pecho. Si no hubiese tenido aquel objeto tangible, habría sentido que lo que acababa de ocurrir no era más que un sueño. Había alucinado. ¿No había esporas en el aire que podían provocar aquello? Cada segundo había pasado de forma tan deliberada. El sol ya había pasado su punto más alto y estaría ahora descendiendo hacia el bosque de abedules por la ladera. Volví a quedarme sin aliento, aunque no tan mal esta vez. Me lo tomé con calma. ¿Era la nota sobre Magda solo una parte de su juego de crimen misterioso? Era el tipo de cosa que le habría gustado a Walter.

—Los juegos, de todas clases, son para que los estúpidos sientan tener algún tipo de control sobre la realidad. Pero no tienen el control; ni ellos, ni tú, ni yo, Vesta. Vivimos en un universo raro y cruel. En otras dimensiones, quizá no exista la muerte en absoluto.

Walter habría cautivado a aquellos vecinos, estaba segura. Le atraían los chiflados, decía. Los dos tenían aspecto de haber estado años atrapados en un sótano; el maquillaje pastoso y blanco que se había untado la mujer estaba agrietado en la cara, pero no en las manos. No querría que se le metiera el maquillaje en la comida, supuse. Pobre mujer. Había tenido alguna dificultad femenina, intuí. Cáncer de útero, quizá.

El sabor de aquel queso de cabra se me había quedado en la boca, y mientras respiraba despacio por el pinar, escupía de vez en cuando con la boca llena de agua como la de un perro. Me acordé por un momento de algo que había pasado en Monlith con Charlie, cuando todavía era un cachorro y bastante tonto, antes de mudarnos a Levant. Lo había llevado al parque local. Se podía dejar correr al perro sin correa, y pensé que sería una buena práctica para que Charlie aprendiese a socializar y un buen ejercicio. Tenía tanta energía, era imposible cansarlo cuando era pequeño. Daba vueltas a toda velocidad por la planta de abajo de aquella vieja casa grande, iba derribando cajas mientras yo guardaba cosas, todas las cosas de Walter, sus libros, sus plumas. Una fortaleza entera de libros de referencia obsoletos y cuadernos grandes con solo las primeras páginas garabateadas. Lo mandé todo a la beneficencia. Le había preguntado a la universidad si querían sus archivos para la biblioteca, pero él ya les había dejado todos sus papeles importantes. Su secretaria tenía los archivos en la oficina. En casa solo se mantenía ocupado, escribía cosas solo para divertirse.

—Esta es Vesta —dijo alguien en el parque canino—. Estaba casada con un famoso científico alemán.

Así me presentaron.

—Bueno, era epistemólogo, no un científico de verdad.

Había una manada entera de señoras mayores con grandes perros lobunos en Monlith. Las había visto pasear juntas por el pueblo. De ahí había sacado en principio la idea de tener a Charlie.

—Nuestros hijos son mayores, ni siquiera nos visitan. Si tuviesen nietos y viviesen cerca, quizá serviría, pero tener perro es un tipo de relación diferente. Después de un tiempo, incluso si tu marido vive mucho, las cosas se vuelven aburridas. Ningún hombre te da el mismo consuelo que un perro. La gente se distancia, pero un perro se queda contigo. Un perro no te abandonará nunca por una mujer más joven. Un perro nunca será frío y te ignorará después de un día complicado. No pensará que pareces menos guapa con esto que con aquello. Consíguete uno, Vesta —me dijeron aquellas mujeres, y eso hice.

En el parque, Charlie salió disparado galopando con torpeza, con los ojos abiertos como platos y tímido con los otros perros, que estaban cómodos con sus relaciones. Se fue hacia los arces y me dio la sensación de que no andaba en nada bueno. Quizá sacaría de la tierra algo muerto, desenterraría un hueso que había enterrado un perro hacía décadas o me traería una ardilla podrida, algún conejo sin cabeza con la señal de un neumático en el lomo, rebosante de gusanos. Pero aquel día Charlie no iba detrás de algo muerto, sino de las heces líquidas de otro perro. Metió la cara dentro, se revolcó encima de forma que el cuello y el pecho le quedaron cubiertos. Casi de inmediato, empezó a dar arcadas y a arrojar una baba espesa por la boca mientras temblaba del disgusto. Me quedé atrás observándolo en su locura, con las heces y la saliva mezcladas. Daba arcadas y más arcadas. Pero era tan feliz... Cuando levantó los ojos para mirarme y vio mi horror, se encogió contra un árbol como si de pronto fuese consciente de lo antihigiénico que era todo. Luego vomitó un montón de croquetas; vi cada una de las bolitas hinchadas y huecas humeando en la helada mañana de Monlith. ¿Qué se suponía que tenía que hacer ahora? Aquella fue la última vez que le di «comida para perro». Estaba abochornada. Las mujeres con sus perros se pavoneaban bajo el sol escaso, tan felices, tan contentas de lo bien que iban sus vidas. Y allí estaba mi pequeño Charlie cubierto de diarrea. No podía meterlo en el coche. Y no podía pedir ayuda. ¿Cómo me iban a ayudar, de todas formas? Ay, no podría soportar sus miradas de lástima. Cuando murió Walter, vinieron con guisos, flores, se portaron como si el país hubiese perdido a un héroe. Es probable que todas estuviesen enamoriscadas de Walter. Aquellas frescas. Aquellas hembras inútiles.

Le volví a poner la correa en el cuello a Charlie, con cuidado de no tocar las heces, pero por supuesto me llené las manos y las perneras del pantalón. Salimos del parque, dejé el coche a un lado de la carretera, con cuidado de que no me viesen. Tardamos dos horas en hacer andando todo el camino hasta casa y entonces la manguera del jardín no funcionaba. No había nada que regar en el jardín, de todas formas. No había cantidad de fertilizante ni de agua suficiente para que creciese nada en aquella tierra seca y muerta de Monlith. Tuve que abrir la ventana de la cocina y sacar del fregadero la boquilla para enjuagar e intentar lavar a Charlie de aquella manera. Le eché chorros de lavavajillas por todos lados. La presión de la manguerita del fregadero era de risa. Tardé una hora solo en sacarle la primera capa de cosa de los pelos. Luego lo envolví en una toalla vieja y lo metí en la ducha. Me imaginé que la ducha sería más segura, que salpicaría menos y que no podría intentar salirse de un salto porque había una puerta de fibra de vidrio que podía dejar cerrada. Así que me quité la ropa también y nos duchamos juntos durante lo que debió de ser casi una hora. No pensé en ponerme guantes de goma, no se me ocurrió. Simplemente lo lavé con champú una y otra vez, lo restregué con los dedos, luego lo sostuve bajo el agua caliente, mientras le hablaba todo el tiempo. Parecía entender que lo estaba castigando, pero no creo que fuese lo bastante mayor para entender exactamente cuánto me había incomodado y humillado. Las mujeres me preguntarían dónde había estado, qué había pasado.

—Pensamos que a lo mejor te habían secuestrado, porque vimos tu coche. Estaba ahí cuando nos fuimos todas y no te vimos a ti. ¿Dónde has ido? Casi pensamos en llamar a la policía.

Hice todo el camino de vuelta andando de noche, arrastrando a Charlie conmigo como castigo, en realidad. Sabía que estaba asustado. No le había dado de comer. Me negué a hablarle. Así solía castigar a Charlie: me volvía silenciosa y fría. Había aprendido lo cruel que era aquello con Walter. Algunas noches volvía a casa y yo le tenía la cena caliente en el horno y las luces del cuarto de estar tan agradables y acogedoras, y estaría leyendo en el sofá, y él simplemente pasaba de largo, dejaba el abrigo en la parte de atrás del sofá, casi dándome en la cabeza. Nada de «Buenas noches, Vesta» o «¿Cómo estás?». Nada. Más tarde, en la cama, refunfuñaría y se quejaría de un estudiante o de un colega o de algún artículo que había que entregar, como si su trabajo fuese así de importante y él estuviese sobrecargado por las trivialidades de la vida. No tenía ni idea de las trivialidades de la vida. Desde el principio de nuestro matrimonio, me las había delegado todas. Cuando se murió, no creo que hubiese ido al supermercado en treinta años.

Hice unas cuantas respiraciones hondas y reduje el paso. Ya veía la abertura al final del caminito a través de los pinos. Tamborileé los dedos contra el borde duro del libro *Muerte* que me habían dado. Me recordaban, el tacto y la sensación, las esquinas marcadas forradas de tela azul oscuro, a un libro que me dio Walter una vez, creo, solo para que me callase. *El consuelo del fenomenalismo,* se titulaba. Cada vez que me quejaba, se limitaba a señalarme que la realidad era una percepción y que mi percepción era intrínsecamente deficiente porque no tenía la misma educación que él.

—¿Y de quién es la culpa? —pregunté.

—Mía no, desde luego. Solo soy otro peón en la partida de ajedrez de la vida.

Era una metáfora que me había robado y que usaba para burlarse de mí. Había cometido el error, una vez, de comparar nuestra vida en Monlith con una partida de ajedrez contra un idiota, por el tiempo que llevaba esperando que pasase algo, que hubiese algún movimiento, ya fuese amenazante o banal, solo para tener algo nuevo que hacer.

No había leído demasiado *El consuelo del fenomenalismo.* Me deprimía mucho pensar en asuntos existenciales. Me hacía sentir que estaba viviendo en un sueño y que, aunque no tenía poder sobre mi mente, también dependía de ella para evocar toda la realidad que me rodeaba. Cuando no me gustaba lo que veía, me culpaba a mí misma. «Evoca algo mejor. Evoca una cama llena de rosas, un millón de dólares, un crucero, música de época, champán, Walter de joven, tú de joven también, bailando en la puesta de sol, cálidas brisas celestiales levantándote los pies de la terraza, nada de lo que preocuparse, nada de lo que avergonzarse», me decía, y cerraba los ojos y al abrirlos veía la cabeza calva y cerosa de Walter en la almohada junto a mí. Seguía siendo guapo, pero no quedaba amor entre nosotros. Se lo había quitado yo, suponía. Quizá había deseado demasiado, estar demasiado cómoda. Podría haberme escapado, pero aquellas historias nunca terminaban bien.

Cuando llegué al borde de los pinos, donde el camino de gravilla del vecino daba a la ruta 17, el sol ya se estaba poniendo. ¿Cómo era posible? Apenas había investigado nada y tendría que volver pronto a casa. No quería andar deambulando por Levant cuando cayese la noche. Sería muy raro ver a una vieja con un abrigo polvoriento, sujetando la *Muerte* en sus manos y metiéndose en el bosque silbando. Ghod, de camino a la fiesta, probablemente se pararía a preguntar si había perdido la cabeza. Pero Charlie seguía allí fuera. Tenía la sensación de que no podría perdonarme si volvía atrás y me iba a casa, así que decidí acercarme a la tienda a ver si Henry lo tenía como rehén. Podía llamar a un taxi para que me llevase a casa. No me había traído el bolso, pero tenía un billete de diez dólares de urgencia en el bolsillo del abrigo. O eso creía. Cuando lo comprobé, el bolsillo estaba vacío. Habían sacado el dinero. Alguien debía de haberlo robado junto con la factura médica del vecino, que también faltaba. El hombre, supuse. Me lo podía imaginar arrastrándome desde el jardín delantero hasta su salón, poniéndome boca arriba en el sofá, tomándome el pulso débil, acercando la oreja a mi pecho esperando o no escuchar mi latido. Me pregunté qué más había hecho mientras estaba inconsciente. Así, con sus manos en mi cuerpo, podría haber llegado a mi bolsillo con facilidad. Cuando me senté en su césped, llevaba el abrigo con la cremallera abrochada. Y cuando me desperté en el sofá estaba desabrochada. Era un ladrón. Es probable que esperase sabotear mi búsqueda de Charlie, estaría compinchado con Ghod. Todo el mundo estaba compinchado. Hasta Shirley parecía confiar en Ghod.

—Llama a la policía. Vendrán enseguida.

Mientras subía por la carretera, la luz iba menguando rápidamente y no pasó ningún coche, así que abrí el libro y leí un pasaje al azar.

Nadie conoce tus penas. Es mejor dejarlo así, porque expresar la tristeza suele provocar lástima. A las mujeres sensibles o a los jóvenes la lástima les suele parecer consoladora, y así pervierten su llanto y lo convierten en melancolía superficial para que los consuelen más. Algunos se vuelven dependientes de ese consuelo superficial y se enredan en la oscuridad para que los que los rodean estén intentando «animarlos» constantemente. Algunos lo llaman «la depresión». Lo convierten en costumbre para negar la tristeza cuando alguien pregunta si lo están superando. Cuando publicitas tu lamento, los muertos sienten que se ha degradado su ausencia, como si te estuvieses aprovechando de su muerte para llevarte la atención que secretamente deseabas para ti mientras se estaban muriendo. Cuando haces duelo abiertamente, los muertos se sienten como si los hubiesen asesinado. Si tienes que llorar, hazlo en el baño o en la cama, a solas por la noche. No le dediques tu tristeza a nada salvo a los muertos. Es fácil confundir las cosas, lo que es otro motivo para ser discreto.

Qué tontería, pensé. Para hacer lo contrario de lo que decretaba el libro, decidí sentirme desdichada. Intenté provocarme el llanto mientras andaba. El cielo oscureciéndose sobre mí ayudaba. Pensé primero en todo lo que me ponía furiosa: el menosprecio constante de Walter, una vida entera de aburrimiento en Monlith, mis sueños frustrados, mi pasión despilfarrada, el secuestro de mi perro, el robo de mi billete de diez dólares. Aquello fue una paliza psicológica. Y entonces pensé en mi soledad, en mi muerte próxima, en que nadie me conocía, en que no le importaba a nadie. Pensé en mis padres, que llevaban tanto tiempo muertos, y en lo poco que me habían dado. Pensé en Walter, en sus caricias asquerosamente dulces. Incluso cuando quería ser tierno, era condescendiente y controlador. Nunca me habían querido como se debe. Nadie me había dicho: «Eres maravillosa, hasta tu amargura y tu energía neurótica son maravillosas. Hasta tu desconfianza, tu rigidez, tu pelo volviéndose blanco, clareando, tus muslos arrugados». Una vez fui joven y bonita y ni siquiera entonces me había besado nadie y me había dicho: «Qué joven y qué guapa eres», a no ser que quisieran algo de mí. Y aquel fue Walter. Siempre quería algo: permiso para ser un presuntuoso, permiso para tener poder. Lloré y lloré, pensando en el amor que podría haber tenido si no hubiese conocido a aquel hombre horrible, nocivo, pomposo. Dejé que me cayeran las lágrimas con la cara vuelta a la gravilla y al caer iban dejando un rastro tras de mí. Quizá Charlie pasaría por allí luego y seguiría el rastro. Pobre Charlie. Era el único en la Tierra que me quería, y hasta él se había ido. Me empezó a latir la cabeza. Volví a marearme. La luna estaba en el cielo. Las estrellas saldrían. Vi delante de mí las luces amarillas de la tienda de Henry, el único surtidor, el neón rosa desdibujado del cartel en el que sabía que ponía «Cerveza fría».

Dentro, Henry estaba detrás del mostrador dándome la espalda, ordenando cartones de cigarrillos. Me escondí entre los pasillos de pan y cereales. Era maravilloso que un sitio así siguiese abierto. Me imaginé que los únicos que iban allí de forma habitual eran los residentes de Levant que no podían permitirse la gasolina para ir al centro comercial de Bethsmane. Había visto a gente muy pobre contando monedas, bebiendo botellas de dos litros de refresco es sus camionetas. Era afortunada de verdad. El campamento de las *scouts* había sido muy barato. Pensé en los pobres, en cómo gastaban las cosas con aquella piel tan basta. Eran el tipo de personas que podían tragarse sus penas, ser valientes, ser abnegados, justo como prescribía aquel libro, *Muerte*. Caminé por los pasillos de la tienda de Henry, mis botas rechinaban en el suelo de linóleo. En el único cajón frigorífico había solo tres botellas de dos litros de leche, un par de paquetes de sucedáneo de queso, mantequilla, margarina y beicon, del que viene cortado en lonchas y envuelto en plástico transparente, con una gran pegatina naranja fluorescente en la que ponía «99 céntimos». La tienda vendía productos del hogar básicos: aerosoles y limpiadores, algunas herramientas, cajas grandes de cerillas, tarros y latas de comida y artículos diversos. Los estantes eran de aluminio pintado de blanco, con agujeritos redondos perforados. Metí *Muerte* debajo de una hogaza de pan. Ya no lo quería. Y no quería parecer sospechosa, andando por ahí con un libro así. Parecería muy raro. «Debe de andar por ahí dando vueltas, lamentándose por los muertos», pensaría Henry. Pero no estaba muy segura de cuánto pensaba Henry en general. Tenía la parte de atrás de la cabeza hecha un embrollo por un lado, el pelo largo y canoso peinado por encima de lo que parecía una cicatriz blanda cubierta de piel fina, en algunos puntos blanca y en otros de un tono rosáceo oscuro que viraba al índigo. Me ponía un poco nerviosa hablar con él. Las veces que había visitado la tienda antes, había tenido a Charlie conmigo para distraerme de su cara. No era fácil mirarlo a los ojos entonces, pero ahora solo éramos él y yo, y la tarde fuera se iba oscureciendo. No había dicho nada cuando entré. Quizá tenía pérdida auditiva.

—¿Lo encuentra todo bien? —preguntó de pronto, sin darse la vuelta.

No sonaba como si fuese tan idiota. Reuní valor para ir hasta el mostrador sin nada en las manos.

—Esto es muy embarazoso —dije, mientras miraba el pequeño estante de chicles que había junto a la caja registradora—, pero me parece que me he dejado el dinero en casa y he estado buscando a mi perro y se ha hecho muy tarde para volver andando a casa y tengo un problema con el coche y me preguntaba si ha visto pasar un perro por aquí.

—No es seguro que una señora vaya andando sola de noche —dijo él, casi con tono acusador.

Intenté mirarle a la cara. Parecía que le habían borrado un lado del cráneo. Se podía ver dónde el disparo le había volado parte de la cabeza.

—No pretendía andar por ahí de noche cuando salí de casa —me puse a la defensiva—. Entonces, ¿no ha visto un perro por aquí? ¿Nada raro?

—La rareza es relativa —dijo.

Buscó bajo el mostrador y sacó el teléfono, negro y anticuado, que se veía grasiento y lleno de marcas de dedos.

—No he visto a su perro —me dijo, buscando otra vez debajo del mostrador. Esta vez sacó la delgada guía telefónica del área de Bethsmane—. Puede buscar el número de la perrera. Y de Leo Smith. Es la única persona que conozco que trabaja llevando gente. Págueme las llamadas la próxima vez que venga a la tienda.

—¿Puedo preguntarle, señor, si ha oído hablar de una muchacha llamada Magda?

—¿María Magdalena? —se tocó la nariz con el pulgar y se sentó en un taburete alto—. No la hacía a usted cristiana.

—Ah, no lo soy. Solo me preguntaba...

Se rascó el lado arrancado de la cabeza. Debía de tener dolores de cabeza horribles. No podía imaginarme lo que sería sentir aquello. Quise preguntarle, pero tenía el auricular en la mano en ese momento. Hojeé la guía telefónica y encontré el número de Leo Smith. Lo marqué, mientras le sonreía y le asentía al hombre desfigurado. Era un milagro que hubiese sobrevivido. Me pregunté si estaría resentido porque lo hubiesen encontrado y salvado. ¿O se había salvado él mismo? ¿Se había levantado y se había apretado una toalla contra la cabeza, se había sacudido los trozos de cerebro desmenuzados del hombro y había conducido solo hasta el hospital? Había leído historias así. El teléfono sonó y sonó, pero no contestó nadie. Colgué.

—No contestan.

—La puedo llevar —dijo Henry.

—Ah, ni pensarlo —dije, mientras iba arriba y abajo por los pasillos—. Si aparece mi perro, ¿me lo guardará?

—No estoy seguro de querer guardarle el perro a una desconocida.

—Me llamo Vesta. Vesta Gool.

—¿Vestíbulo? —el hombre se rió para sí—. No puede estar bien —dijo negando con la cabeza.

Me fui de la tienda. Por si acaso Henry sospechaba que estaba espiando, hice ruido derrapando sobre la gravilla suelta por el aparcamiento de la parte de delante, luego pisoteé con las botas en el asfalto mientras salía de la vista de la tienda. Entonces volví de puntillas, me metí en el bosque —solo pinos bajos, era casi todo arbustos— y di pasos tan silenciosos como pude por la parte de atrás de la tienda. Vi luz brillando a través de una ventana que daba a la parte de atrás y una verja alta de alambre alrededor de la esquina trasera. Me acerqué, vi que la verja estaba cerrada con candado.

—¿Charlie? —susurré.

Cuando miré a través de los huecos de la verja, lo único que pude ver fueron cajas de cerveza apiladas a lo largo de la pared exterior de la tienda y un contenedor volcado. La gravilla que lo rodeaba estaba llena de colillas. Silbé flojito. Charlie no ladró ni gimió. Si me hubiese escuchado, lo habría hecho. No estaba allí dentro. Sentí alivio. No quería tener que pelearme con Henry para recuperar a mi perro, pero, de todas formas, ¿dónde estaba Charlie?

Volví a la carretera a través de las zarzas y troté por la ruta 17, ciñéndome a la doble línea central de pintura blanca descolorida que brillaba a la luz de la luna. Si seguía aquella línea, pensé, llegaría a casa a salvo. Había un nítido olor metálico en el aire y, aunque el cielo estaba despejado, sentí acercarse la tormenta. Si el cuerpo de Magda había sido una cosa muerta real, pronto quedaría limpia de pruebas. Si hubiese creído en Dios, le habría pedido una señal. «Enséñame qué hacer», es lo único en que podía pensar en mandar al espacio mental, que era como todo el espacio exterior que había sobre mí en la carretera. No se puede una imaginar cuántas estrellas había allí arriba. Me daba miedo mirar, me daba miedo que las estrellas pudiesen deletrear alguna respuesta de Dios y entonces, ¿qué haría? Si Walter hubiese estado vivo, se habría parado a mi lado en el coche, insistiría en que entrase en ese mismo instante.

—¿Por qué te estás comportando como una tonta, Vesta? Métete en el coche. No hay un Dios arriba en el cielo. No hay ninguna gran conspiración. Esto es lo que pasa cuando no tienes ocupaciones, te aburres. Empiezas a inventarte cosas. Ahora, déjate de tonterías. Ven a casa y métete en la cama. Estás agotándote sin razón.

—Ay, vale, Walter —le habría dicho—. Tienes razón.

—Estás persiguiendo al conejo blanco. Entra.

Pero ¿qué sabía Walter de perseguir nada? Se ganaba la vida estando sentado y quieto, pensando en cosas y escribiéndolas, convenciendo a otros de que lo que pensaba y escribía era correcto, y ¿se suponía que el mundo iba a cambiar así? ¿Era su trabajo así de poderoso? Estaba harta de la teoría. ¡Lo que importaba era lo que hacía una persona, no lo que iba pontificando!

—A ver si te entiendo: dices que te aburres y sin embargo tienes el mundo entero al alcance de tu mano. Ni siquiera has intentado usar el ordenador que te compré.

Aquella fue la última discusión que tuvimos Walter y yo, él intentaba convencerme de que estuviese feliz y satisfecha en aquella casa enorme en Monlith. Recuerdo pensar: «No puedo esperar a que te mueras. Espero que tu tumor crezca y crezca. Espero que el cáncer te mate rápido». Y durante semanas pensé en él allí, en sus testículos, una pequeña pústula al principio, que se iba enconando con la rabia que proyectaba en ella. Canalicé a través del espacio mental todo el vitriolo que había sentido por Walter y lo metía en su cuerpo a través de los pulmones cada vez que inhalaba. Así es como lo maté en realidad. En mi mente. Una vez oí al padre Jimmy mencionar algo llamado «muerte psíquica». Quizá fuese eso lo que le había provocado a Walter. ¿Me había dolido verlo sufrir? Bueno, sí, por supuesto, tenía que reconocerlo. Fue feo. Era mi marido, mi único amor, el único hombre al que había querido. Verlo sufrir era sufrir. Fue insoportable verlo morir. Y, de alguna manera, me sentía responsable. Una de las primeras cosas que le pregunté a Jeeves cuando iba a clase de informática fue: «¿Qué se siente al tener cáncer?».

Cuando pasé por la curva de la carretera, no escuché música, ni tintineo de cristal, ni risas de la cabaña del vecino. Las luces eran tenues, pero podía verlas, con un brillo rojo que atravesaba la espesura de los árboles negros. Pensé en silbar llamando a Charlie —quizá estuviese atrapado en un agujero en alguna parte del bosque y aullaría si me oyese—, pero me asustaba hacer algún ruido. No quería problemas. Y en parte creía que Charlie no estaba allí. Era inútil buscarlo. Se había ido y tenía que aceptarlo. Lloré mientras caminaba. Era agradable sentirse tan triste, permitirme lamentarme. Estaba demacrada y sedienta y hambrienta. Necesitaba que me consolaran y no había nadie para consolarme, así que decidí consolarme a mí misma. Me inventé una voz nueva en mi cabeza: «Pobrecita Vesta». Sentí a aquella otra Vesta resonando en el espacio mental. Quizá el olor a tormenta fuese ella, la llegada de un nuevo espíritu a la atmósfera que reemplazaba a Walter.

Sentí mucho alivio cuando me topé con mi propio buzón a un lado de la carretera. Rara vez lo miraba, porque rara vez recibía correo. Encontré solo una circular con descuentos cuando metí la mano. Había una quietud estremecedora en la noche mientras caminé aquel último tramo hasta la cabaña, como si los árboles estuviesen conteniendo la respiración mientras yo pasaba. Cuando aparecieron el coche y luego el lago y la cabaña, el cielo sin nubes a pesar de la tormenta que se acercaba e iluminado por la luna llena, a la que miré por fin en señal de agradecimiento, juré haber oído un susurro, una palabra ininteligible, pero que, igual de seguro que el viento entre los árboles, era la voz de una muchacha humana, mi Magda, sin duda. Casi pude sentir sus ojos sobre mí mientras caminaba por la gravilla hacia la puerta de entrada. Entonces me tropecé con algo en el camino y me caí de boca en mi huerto de tierra vacío.

De pronto, el bosque se llenó de sonidos. Grillos, el zumbido de la vida, todo de golpe; algo se sacudía suelto en mi oído. Era el tipo de descarga que sientes cuando se te rompe el corazón: el mundo se llena de un ruido ensordecedor. Había descubierto algo sobre Walter unos meses después de que muriera. Había encontrado una libreta pequeña entre los papeles y archivos y cuadernos del despacho que tenía en casa, una cosa de tamaño bolsillo, de una cuarta parte del tamaño del papel que había usado Blake para escribirme aquella primera nota sobre Magda. Dentro, Walter había garabateado una lista de muchachas, estudiantes de la universidad que habían ido a verlo buscando ayuda, supuse, y con las que se había comportado como un depravado, anotando todo lo que de ellas había codiciado, escenificando juegos mentales a los que podía jugar con ellas para engatusarlas hasta sus brazos y su pantalón. Escribía en alemán, con su letra cursiva dura, temperamental, exuberante, como si su propia caligrafía ostentosa le excitara. *Mandy, piernas largas, bronceada, cree que soy «un genio con acento mono». Le gustan los animales. Contarle la historia del gato. Darle Schopenhauer para confundirla, luego aconsejar. Y Gretchen, bajita y regordeta con pechos grandes.* Usé un diccionario alemán para traducir. Leí enteras todas las entradas.

Vicky
Joy
Theresa
Sarah
Wanda
Patricia
Clarice
Karen
Sofie
Jean
Emma
Catherine
Patty
Rosie
Amy
Rebecca
Joanne

Tiré el cuaderno a la basura junto con todos sus demás papeles y deseé, cuando lo recogieron, haberlo quemado todo en vez de tirarlo, haber tenido el valor de quemar la casa entera y esparcir las cenizas blanquecinas en una boca de alcantarilla abierta en algún lugar, que todas las ideas de Walter se filtraran en la orina y las heces que deben de existir en alguna parte en los intestinos de esta Tierra desastrosa.

La mayoría de mis recuerdos eróticos eran de mi adolescencia, enamoramientos obsesivos por chicos que me recordaban a mi padre, con pelos brotados en el bigote, músculos levemente abultados en los pantalones. Siempre me han gustado los hombres de piernas fuertes. Y después, una tarde en una feria en la que había una barraca de besos para recaudar dinero para un huerto comunitario en el pueblo en el que me crié, observé a los jóvenes caballeros ansiosos con sus billetes de dólar, limpiándose la salsa barbacoa de las suaves bocas mientras se acercaban a las muchachas que estaban detrás de los mostradores improvisados. Ni siquiera miraba los besos, solo la nuca de aquellos muchachos, inclinándose, con los hombros acunando su deseo como un bebé que llevasen a cuestas. Ay, me había privado de tanto al enamorarme de mi marido. Era muy guapa en aquel entonces. Y ahora estaba hecha una ruina, una vieja con la boca llena de tierra. Rabiosa, me di la vuelta y miré al cielo, recuperé el aliento y luego volví a quedarme sin él ante la audacia de todas aquellas estrellas que brillaban sobre mí, titilando y resplandeciendo sin vergüenza. Aunque muchas de ellas ya se habían consumido, como yo, seguían brillando con luz trémula. Seguían sobreviviendo y colgando allí, como diciendo: «¡Recuérdame! ¡Fui hermosa! ¡Deja que mi luz siga brillando sin mí! ¡No te olvides nunca!». Era una cobarde por haber vivido como había vivido. Pero nunca más, decidí. Persistiría a pesar de mi miedo, a pesar de mi inocencia, de mi depravación, de mi hábil negación de todo lo que me había causado dolor. Nunca más. Después de haberme asentado en el suelo, haber calentado la tierra debajo de mí, haber dejado que los bichos se me metiesen en el pelo como a Magda, me levanté, con la cabeza tambaleándose de hambre, y palpé alrededor buscando con qué había tropezado. Era un paquete de plástico blando. ¡Mi mono de camuflaje, claro! Fui dentro, sorprendida al escuchar a Wagner sonando en la radio, y sin pensarlo, me metí directamente en la trampa que había montado, deslizando la taza de té por el suelo y provocándome casi un ataque al corazón antes incluso de encender las luces. Me limpié la tierra de la cara, me desvestí y me puse el traje de oscuridad.

Siete

No me molesté en calentar la cena. No me molesté siquiera en echar el vino en la copa, lo sorbí directamente de la botella y usé los dedos para desmenuzar el pollo frío y coagulado, sin que me importara la grasa gelatinosa que se me quedaba en los labios y se me pegaba a los dientes. De pie, delante del fregadero, mastiqué y sorbí y tragué, mirando la vieja cerámica, escuchando la sinfonía, la zurrapa del café punteando un charco de agua estancada que me reflejaba, negro sobre blanco como el reverso del cielo nocturno. Cuando terminé de comer, me estiré y respiré y me recompuse. En la ventana veía mi cara, arrugada pero reluciente. El viso de sudor que me cruzaba la frente me hacía parecer viva. Cuando encendí las luces de fuera, vi la huella de mi cuerpo en la tierra. Era como el contorno de la escena de un crimen, y las huellas de mis botas eran como marcas que había que medir y analizar. Me froté los ojos y, cuando volví a mirar por la ventana, vi a Charlie. Estaba allí sentado, con los ojos como dos rayos rojos enfocados en mí a través de la ventana. Di un grito ahogado y golpeé el cristal, pero no se movió. Era como una estatua, mirándome fijamente. No me lo podía creer. Primero pensé que quizá estuviese allí aturdido, quizá estaba asustado. Salí con el mono para la oscuridad, respirando fuerte por la expectación, por ver en qué condiciones estaba. ¿Estaba herido? ¿Estaba asustado? Quería tenerlo entre mis brazos, besarle

209

la cabeza y acariciarlo y reconfortarlo. Debía de estar tan asustado después de haber pasado una noche y un día por ahí fuera él solo, haciendo Dios sabe qué, pensé. Se puso a cuatro patas, retrocediendo hacia el pinar conforme me iba acercando. Ay, Charlie, pensé, ¿no reconoces a tu propia madre?

—Charlie —dije en voz alta.

Me di una palmada en la rodilla para llamarlo y que viniera. Para mi sorpresa, levantó un lado del hocico para enseñarme un largo colmillo, se le abrieron las fosas nasales. Me enderecé y me puse las manos en las caderas. ¿Qué era aquel sinsentido?, pensé. Debería ronronear como un gatito por estar otra vez en casa.

—Ven aquí ahora mismo —dije, pero no me acerqué más.

No quería sobresaltarlo y que volviese a escaparse por el bosque. Se quedó inmóvil, ahorcajado en la tierra como si fuese a despegar. Decidí usar una táctica distinta y me acuclillé en el suelo, puse una voz ñoña y dulce.

—Ven aquí, chico —dije.

Empezó a ir y venir de un lado al otro del perímetro del huerto de tierra.

—No voy a hacerte daño —arrullé.

Pero por supuesto que no iba a hacerle daño. ¿Había perdido la cabeza? Intenté aceptar su ansiedad y hostilidad diciéndome que no era más que un animal, esclavo de sus instintos, y que era probable que siguiera en *shock*. Quizá está traumatizado, pero en el momento que me huela, conjeturé, volverá a su antiguo ser, volverá a ser mi mascota. Ahora mismo era un lobo salvaje, asustado y en guardia en la oscuridad. Debe de estar hambriento, se me ocurrió. La saliva se pegó a sus labios y se lanzó contra su cara mientras decía que no con la cabeza. Me alejé despacio y entré en la cabaña para recuperar el pollo del frigorífico. Corrí a toda velocidad por la cocina, pero reduje el paso en cuanto salí fuera. Charlie se estaba comportando de forma muy asustadiza. Cada vez que me movía, daba una sacudida a un lado y la boca se le enfurecía, le destellaban los colmillos bajo la luz blanca y dura de los focos.

—Tu pollo —pronuncié, agachándome y poniendo la fiambrera abierta sobre la tierra como una ofrenda.

Su manera de mirarme era como de león. Gruñó. Hirió mis sentimientos profundamente que desconfiase tanto de mí, que me viese como una amenaza, no deseada, rechazada. Volví dentro y observé a través de la puerta abierta cómo se quedaba quieto y miraba el pollo, levantando los ojos de vez en cuando para asegurarse de que no saltaría hacia afuera y ¿qué, atacarlo? Pasaron unos minutos antes de que por fin empezase a consentir. Cruzó la tierra con pasitos pequeños hacia la fiambrera, bajó la cabeza por fin, luego agarró rápidamente el pollo y se lanzó de vuelta al sitio que le parecía seguro, al borde del huerto, como si hubiese allí un campo de fuerza que no me atrevería a cruzar.

Esto es ridículo, pensé, y aunque estaba dolida y preocupada, también estaba abrumadoramente aliviada. No lo había perdido, al fin y al cabo. Me quedé allí observándolo agazaparse con su pollo frío, sosteniendo el hueso en el suelo con las pezuñas y masticando la carne. Parecía juguetón desde donde yo estaba, el umbral de la cabaña. Intenté relajarme y escuchar el *Danubio azul* que sonaba ahora en la radio. Le dejaría espacio a Charlie, tiempo. ¿Quién sabe lo que había visto allí fuera? Después de años de vida doméstica, una noche y un día fuera probablemente equivaldrían a que a mí me abdujera una nave extraterrestre. Pero ¿no valdría la pena el terror, ver más allá del reino terrestre? Quizá hubiese visto a Magda allí fuera. Entré a por el resto del vino y observé a Charlie masticar su hueso a través de la ventana, ahora manchada de grasa de pollo de cuando la había golpeado con el puño grasiento. Cuando me terminé el vino, decidí abrir otra botella. Una botella de vino tinto que había guardado para una ocasión especial. Era una de las cosas que había traído conmigo empaquetadas en el maletero del coche cuando conduje desde Monlith, un Mouton Rothschild de 1990, algo que había comprado Walter e insistió en que lo guardásemos durante décadas.

—Nos lo beberemos cuando pase algo extraordinario —dijo.

Y así se había quedado en su lugar de la estantería en el sótano, junto con otros vinos que doné al comedor de beneficencia de Monlith antes de mudarme, sin pensar siquiera en lo ridículo que era descartar las botellas en cajas y recubrir con ellas el muro trasero de cemento de la iglesia. Los vinos de Burdeos parecían sangre en la botella de cristal verde oscuro. Abrí el cajón donde guardaba el sacacorchos y encontré algo que no había visto nunca. Era una navaja de muelle negra con el mango de plástico. «Magda», pensé. La había dejado para mí.

Pesaba más de lo que yo esperaba. La sostuve en la mano, buscando cómo abrirla. Lo único que tenía que hacer era apretar el borde de metal y la hoja se volteaba hacia arriba. El metal estaba empañado, pero la hoja estaba afilada. Quizá fuese una de esas navajas que había visto anunciadas en la televisión de Monlith muy tarde por la noche, de las que pueden cortar tuberías y también rodajas de tomate sin arrugar la piel. Puse la punta de la hoja contra la yema blanda de mi pulgar, la pinché para que brotase la sangre, solo una pizca. Sí, la navaja estaba muy afilada. Cerré la hoja. Estaba bastante segura de que era de Magda. Se metía la navaja en el bolsillo de atrás cada vez que salía, cuando iba andando al trabajo o salía por aquí por el pinar a encontrarse con Ghod, a hacer lo que a él se le antojase para que no la denunciara a las autoridades. ¿Por qué no había huido sin más? ¿Por qué tenía que morir? Quizá le había dicho a Ghod que estaba embarazada para conseguir algún trato. Pensaría que Ghod perdería la lujuria por ella, pero en cambio la mató. Qué mundo duro y cruel. Magda hacía bien al llevar una navaja. Pobrecita, no había sido lo bastante rápida como para usarla, aplastada bajo el peso de la furia carnal de Ghod. Yo nunca lo disfruté mucho, estar así sofocada, soportando lo que solo podía tolerar porque Walter disfrutaba mucho, al parecer. Daba aullidos cortos, gritando, siempre en alemán, decía mi nombre no para que lo oyese yo y supiera que me quería, sino para acompañar a los «joder» y a los «Dios», como si mi nombre fuese una palabrota y él pudiese gritarlo para maravillarse ante su propia contención erótica. «Guau, soy buenísimo en esto. Lo sé porque estoy disfrutando muchísimo.» Esa era la impresión que daba. Pero quizá Magda tuviese una experiencia diferente. Quizá Leo la habría amado como debía ser y podía refugiarse en aquella ternura y cortesía cada vez que Ghod se apretaba contra ella. Y dentro de ella. Me lo podía imaginar.

Después de comerse todo el pollo, Charlie ahora estaba cavando un agujero en el huerto de tierra para enterrar los huesos. Me temblaban las piernas por todo lo que había andado y la cabeza me daba vueltas por el vino. Subí a la cama, sin apagar ninguna luz, y dejé la puerta de entrada abierta para Charlie, para cuando decidiese entrar. Saber que estaba vivo, que había vuelto a mí, aunque fuese de manera sospechosa, me bastaba para calmar mi ansiedad. Me acosté en la cama y, mientras escuchaba la radio, me dormía y me despertaba.

El padre Jimmy estaba en el aire.

—Tienes que detener la ira en tu familia y restaurar la alegría en tu vida. Y eso provocará que tus hijos sean piadosos y se eduquen para escuchar la voz de Dios enseguida. Escucharán la voz de Dios. Y te escucharán a ti, su padre. Cuando llego a casa, cenamos, nos sentamos a la mesa y les digo a mis hijos: «¿Qué os ha dicho Dios hoy?». Y ellos me dicen: «Bueno, he escuchado que Dios me decía esto», o «Hoy he escuchado en mi corazón que Dios me decía esto». O «He escuchado a Dios decirme esto.» Y están escuchando la voz de Dios. ¿Y sabes por qué? Porque los he entrenado para que escuchen mi voz. No quiero que Dios tenga que decirles algo cien veces para que lo oigan. Quiero que oigan la voz de Dios y reaccionen de inmediato. ¿Y cómo los entrenamos para eso? Haciendo que al escuchar nuestra voz reaccionen de inmediato. Espero que sigas esa política y tu vida cambie.

—Gracias, padre —dijo un hombre en una línea que hacía mucho ruido.

—Ahora, ten buena noche, ¿de acuerdo? Siguiente llamada.

—Sí, por favor —la voz me resultaba conocida—. ¿Qué hay que hacer cuando estás enfadada con razón?

—Lo siento, ¿cómo? ¿Está ahí, señorita?

—Sí, aquí estoy.

La voz de la muchacha era áspera y claramente extranjera, con mucho acento, no como el de Walter sino como el de Magda. Escuché con atención. Cerré los ojos tumbada en la cama, como si mirar algo fuese a distraerme de lo que oía.

—Bien, repítalo otra vez, querida, no la he entendido bien.

—Sí, por favor. ¿Qué hay que hacer cuando una cosa no está tan bien y estás enfadada pero no está pasando nada malo? ¿Qué se hace cuando..., sí, si hay algo mal y por una buena razón sientes ira?

—A ver si la entiendo correctamente, señorita...

—Magda.

Se me saltaron las lágrimas. La chica carraspeó.

—Magdalena Tanasković.

—¿Se llama Magdalena?

—Ajá.

—Magdalena, permítame que le diga que la he entendido. Lo que quiere saber es qué hay que hacer cuando la ira está justificada. Cuando hay una buena razón, como usted ha dicho.

—Sí. Porque creo que algunas veces está bien.

—Bueno, Magdalena, como le he dicho a la última persona que ha llamado, la ira es un pecado.

—Sí, eso lo sé, pero ¿y si te están haciendo daño?

—Antes que nada, quiero que sepa que la Biblia dice que Dios nunca permitirá que suframos más de lo que podemos soportar. Nos conoce mejor de lo que nos conocemos nosotros mismos. Podrá superar esto. Filipenses 4, 13 dice: «Todo lo puedo en Cristo que me fortalece». Va a estar usted bien. Dios le dijo a Abraham: «Sal de tu tierra, de tu parentela, de la casa de tu padre, para la tierra que yo te indicaré». No todo el mundo tiene el corazón lleno de amor, pero hay que vivir según la palabra de Dios, pase lo que pase. Y la Epístola de Santiago dice: «Tened por sumo gozo cuando os halléis en diversas pruebas». Habla de ser feliz cuando te hacen daño, cuando están en tu contra. Considere, de alguna forma, una alegría y un privilegio sufrir en nombre de Jesús al ser maltratada. Diría que la razón número uno por la que las mujeres creen que su ira está justificada es que sus maridos las han traicionado. Y le diré lo que les digo a ellas. Digo esto una y otra vez. Nunca lo diré bastante. Hay que acordarse de que Dios nos ha perdonado por lo que hemos hecho en el pasado. Eso es lo más importante que hay que recordar. Ha traicionado muchas veces a Dios, ¿verdad, Magdalena?

—No lo sé. A lo mejor.

—Número dos, la gente te defrauda. Hay que aceptar el hecho de que la gente te defraudará. A veces colocamos a las personas en un pedestal tan alto que no son capaces de estar a la altura de nuestras expectativas y luego nos decepcionamos. Y luego, cuando tropiezan, nos enfadamos. Tu amigo más íntimo te podría traicionar, seguro. Nadie es perfecto. David dijo en el libro de los Salmos: «Porque no me afrentó un enemigo, lo cual habría soportado, sino tú, al parecer íntimo mío». Y, número tres, el perdón es una decisión. No es un sentimiento. Es una elección que hay que tomar. Hay que decir: «Perdono a esta persona». Y hay que insistir en perdonarle pase lo que pase, aunque sigas enfadado y no haya cambiado nada. Y cuarto, tienes que ir y decirle: «Te perdono. Aunque has herido mis sentimientos, te perdono. Y te quiero. Arreglemos esto». Estos son los cuatro pasos que yo tomaría.

—¿Así que si algo te daña, dices «gracias, te perdono»? —la voz de Magda era tal como me la había imaginado: sarcástica, cortante y dulce—. ¿Crees que dices «perdóname» y Dios dice «vale, no hay problema, es una puta de todas formas» y entonces...?

—¿Ya lo oyen, amigos, el dolor de la rabia, cómo rebana el corazón de quien la alberga y escupe veneno sobre cualquiera que ande cerca? Oremos.

Me estremecí, como si un viento helado hubiese atravesado la habitación. Agarré la navaja de Magda con el puño, apretando con nerviosismo el filo de metal que haría que apareciese la hoja. Nunca perdonaría a Walter. No me disculparía por su traición. Si alguien me causaba problemas, sacaría la hoja. Si alguien me miraba mal, aunque sea, lo rebanaría. El padre Jimmy terminó su programa con un corto sermón sobre los peligros de ceder a los placeres de la carne.

Dejé de escucharlo cuando oí a Charlie andando por la planta de abajo. Por fin había entrado. Estaba aturdida y sentía algo de náuseas por el agotamiento, el vino y la radio. Me levanté de la cama y me arrastré escaleras abajo, primero pesada y perezosamente, luego tensa, cuando me acordé de que la puerta seguía abierta y de que Charlie se podía alarmar y volver a salir corriendo. Fui de puntillas el resto del camino, mientras oía su respiración en la habitación que daba al lado del lago. Era el sonido que hacía cuando estaba irritado, como un viejo. Caminé silenciosamente hasta la puerta y la cerré. Apagué la radio, en la que sonaba ahora una música de iglesia tocada con órgano eléctrico. Apagué las luces de la cocina y caminé con cuidado hacia Charlie. Parecía haberse acurrucado bajo la mesa y, cuando me acerqué, se levantó y me dio la espalda. Fue muy cruel, muy frío. Me sentí fatal. Quería estar cerca de él, arreglar las cosas entre nosotros. Y quería asegurarme de que no le habían hecho ningún daño físico. Quizá tenía arañazos que había que limpiar o incluso suturar. Debía de haber sido un día horrible en la naturaleza para él para que estuviese así de cerrado en banda y enfadado conmigo. Añadirle el estrés de mi dependencia habría sido egoísta, pensé. Así que no me acuclillé a acariciarle la cabeza como me hubiese gustado, pero sí me incliné, solo para intentar verle la cara, su cabeza plateada reflejándose a la luz amarilla de la lámpara, las arrugas alrededor del cuello como cuando todavía era cachorro, suave como el terciopelo. Entonces vi los papeles destrozados que tenía debajo, como un nido. Había despedazado todos los papeles que estaban en mi escritorio: la nota de Blake, el poema, mis escritos, todo. Era como una especie de nido de pájaro que se había creado, por despecho, estaba segura. Lo había ignorado en mi persecución de Magda y aquella era su venganza. Por un momento quise pegarle, pero no lo haría nunca. Había roto hasta las páginas en blanco de mi cuaderno. Veía la espiral de alambre torcida y la cubierta de cartón tirada como una cosa muerta junto a la pata de la silla. La levanté con cuidado. Me libraría de él, pensé, como para no incitar en Charlie más angustia si volvía a verlo. Me ponía muy triste haber perdido la nota de Blake. Mientras llevaba el cuaderno a la basura, lo abrí. Quedaban unas cuantas páginas andrajosas colgando de unas trizas de papel. Por detrás de una había algo escrito con bolígrafo y tachado. Era el principio de algo que no recordaba haber escrito. Encendí las luces de la cocina otra vez y estudié las palabras tachadas. Si sostenía el papel contra la ventana, con la oscuridad iluminándolo de algún modo, podía leer las palabras. *Se llamaba Magda*, decía. *Murió y no puedo hacer nada al respecto. Yo no...* Y ahí se terminaba. Era un falso comienzo. La única prueba que quedaba intacta. Pero ¿cómo había llegado hasta allí? No podía pensar. Arranqué la página, saqué las trizadas trizas espirales y la doblé. Ahora sentía que tenía dos cosas sagradas: aquel papel y la navaja. Estaban cargados de energías. Ahora iba armada. Nada podría hacerme daño. Y aun así cerré la puerta con llave. ¿Me protegería Charlie, me pregunté, ahora que había aquel distanciamiento entre nosotros? Me imaginé a algún loco forzando la entrada, apuntándome a la cabeza con un arma, y a Charlie allí sentado, bostezando, chasqueando los dientes como si lo que le molestase fuera solo que le hubiesen despertado un momento. Volvería a sus sueños de perro salvaje. Ghod podría estar allí fuera, mirando a través de las ventanas. Quizá tenía un rifle de caza apuntándome en aquel mismo momento. Si había alguien ahí fuera, Charlie lo sabría. Los animales tenían un sentido de las cosas. Las paredes no limitaban sus sentidos, como les pasa a los seres humanos. Un mero roedor arañando una baya en el camino de gravilla habría provocado que Charlie le diese a la puerta con la pata, gimotease y aullara y llorase hasta que lo dejara salir a correr durante el día. Pero ahora estaba callado. Demasiado silencioso, pensé. Un silencio así parecía antinatural. Me tapé los oídos con los dedos solo para asegurarme de que no me había quedado sorda. Me oía el latido del corazón por dentro y la respiración, corta y superficial.

Volví a apagar la luz de la cocina y miré hacia el pinar, en la oscuridad. Había algo allí fuera. Alguien me estaba observando. Lo sentía. Estaba segura. «No seas tonta, Vesta. Te estás imaginando cosas», intenté decirme a mí misma, pero en mi cabeza oía la voz de Walter.

Moví la cabeza, lo que me nubló la vista, para sacarme su voz y para ver qué, si es que había algo, se me podía aparecer si miraba las cosas de forma distinta. No podía ver nada, pero la sensación de que me estaban vigilando persistía. Me quedé mirando hacia fuera y le hablé a Walter con el pensamiento.

—Tenía la mitad de tu edad cuando nos conocimos, Walter. ¿Cómo te pudo parecer apropiado?

—Bien dispuesta que estabas, Vesta. No te presioné para nada.

—¿Creías que no sabía nada de tus revistas cochinas?

—Ay, por favor, Vesta. Los hombres somos así. Somos animales salvajes. Tenemos deseos primarios. Si no fueses tan frígida, también los tendrías. No es nada de lo que avergonzarse.

—Lo único que me avergüenza es haber dejado que me tocaras.

—Lo siento, Vesta, siento que no seas tan guapa como te gustaría, pero no tienes nada de lo que avergonzarte. Tenías una figura muy atractiva. Y la mente también. Podrías haber sido profesora si hubieses querido. Déjame que te vea la cara —me pedía Walter, un reflejo en la ventana oscura mientras con la mano venía a agarrarme la barbilla, oliendo a humo de puro y loción para después del afeitado—. Sigues siendo bonita, Vesta. Pero déjame que te vea los ojos. ¿Dices que no tienes vergüenza? Déjame que lo vea. Demuéstrame lo mayor y valiente que eres.

Me quedé mirando fijamente la oscuridad. ¿Qué haría falta para demostrar que no tenía miedo, que era fuerte, igual de capaz y de inteligente y merecedora que cualquiera? Sentí que se me erizaban los pelos de la nuca, como si alguien estuviese arrastrándose tras de mí, un fantasma, una mano abierta con los dedos estirados para agarrarme la garganta, apretar y estrangularme. Charlie gruñó y me di la vuelta de pronto, di un grito al verlo a cuatro patas, con la cabeza gacha, la boca temblando, enseñando los colmillos, con los ojos brillando amarillos en la luz como la calavera de un brujo, como un farol malvado.

—¿Charlie? —dije, con la voz más débil que nunca.

Suspiró mientras levantaba los ojos para mirarme como una bestia frente a algún intruso en su guarida secreta, su archinémesis. Yo era una asquerosa ignorante cuya mera existencia desencadenaba su violencia furiosa. Le goteaba baba de los colmillos y conforme sus labios iban escupiendo se oscurecía la alfombra con círculos diminutos mientras la cabeza le temblaba de rabia.

—Charlie, ¿qué pasa?

Se acercó con los músculos de la espalda crispados y tensos, moviéndose muy despacio, con el lento arrastrarse de un lobo que da caza a un animal estúpido. Entendí que no había habido nadie en el bosque, ninguna amenaza exterior. Quien me había estado vigilando todo el tiempo había sido Charlie.

No podría decir lo que me pasó por la cabeza en el momento en que saltó con la boca abriéndose hacia mi cuello y moví la mano transversalmente y hacia abajo, alejándola de mí, y un chillido agudo salió de mis labios o de los de Charlie; después él se escabulló hacia atrás aullando muy fuerte y desapareció, dejándome en la cocina de pie cubierta de sangre y empuñando la navaja de Magda. Lo que se alzó en mí fue la vida, el deseo de sobrevivir me llevó a hacerlo, la reacción instintiva de matar aquello que me mataría. Y por eso me sentí orgullosa de mis rápidos instintos. Salvé mi propia vida aquella noche. Nadie podría haberlo hecho. Estaba sola y fui una heroína. Pero había apuñalado a mi pobre Charlie. Con mi brillante maniobra, le había rajado no tanto la garganta como alguna parte del hueso del pecho. Quizá mi instinto había apuntado la hoja a su corazón. La sangre que tenía en las manos tenía un olor amargo, como a tierra. La probé sin pensar, después de dejar la navaja en el fregadero. Entonces fui a buscar a Charlie. No me fue difícil encontrarlo, porque estaba llorando como cuando era un bebé: histérico pero rítmicamente, como si el sonido que hacía fuese alguna obra que se estuviese representando en su interior. Mientras me acercaba a él —estaba otra vez debajo de la mesa, con la sangre empapando las tiras de su nido de papel—, se sobresaltó y levantó la vista, me fulminó, movió la cabeza, gruñó y me enseñó los colmillos como antes. Me di cuenta de que no podría tocarlo. Se desangraría hasta morir bajo la mesa antes de dejar que me acercase. Y aunque pudiese llegar hasta él, sostenerlo entre mis brazos, examinar las heridas que le había hecho —en defensa propia, eso lo sabía—, ¿qué podía hacer por él? No era médica. No tenía manera de coserlo. No lo podía salvar. Ni siquiera tenía teléfono para pedir ayuda ni coche para llevarlo al veterinario. Ni siquiera sabía dónde había uno. Sopesé volver andando a la tienda de Henry, llamar a la policía desde allí, hacer que vinieran y se lo llevasen, pero ¿no lo sacrificarían? No, tendría que hacerlo sola. Y cuando me agaché para ver a Charlie temblando y dando estertores, pareció respirar más despacio, se tranquilizó y después cerró los ojos. Se acurrucó, protegiéndose el pecho. Veía cómo su cuerpo subía y bajaba con cada respiración. La sangre se le iba escabullendo por debajo.

Lloré con solemnidad, con respeto.

—Adiós, mi dulce muchacho —dije.

No sentía ni culpa ni rabia. No era como cuando se fue Walter, que contuve la respiración, desesperada porque se detuviese el tiempo, esperando a que se encendieran las luces para poder ver el camino de salida. La muerte de Charlie no fue para nada así. Fue dulce. Fue tranquila.

—Has sido muy buen perro —le dije, y por fin alargué la mano para acariciarle la cabeza sedosa.

A veces les pasa eso a los animales, me dije, se revuelven contra ti.

Me adentro en el pinar con el mono de oscuridad, escondiéndome entre los árboles ensombrecidos.

—Intenta encontrarme, Dios —susurro.

En las manos llevo aferrada una nota que he escrito. *Se llamaba Vesta.* Aquello era lo que había querido escribir desde el principio: mi historia, mis últimas líneas. Me llamo Vesta. Viví y morí. Nadie me conocerá nunca, justo como siempre quise. Cuando Dios se acerca, le alargo la nota.

—¿Te llevarás esta nota y me librarás del mal? —le pregunto enseñándole los dientes, con una mueca sarcástica.

Dios me quita la nota de las manos y la arruga como si fuese el recibo de un refresco en una parada de descanso en la carretera.

—No seas tonta, Vesta —dice Dios—. Paloma mía.

Ahora corro todo lo rápido que puedo. Siento el viento en la cara. Dios me sigue, pero me pierdo en la oscuridad. Quizá pueda quedarme en este bosque para siempre, pienso. Ya siento el aire envenenado arrastrándose, cerrándome la garganta, o quizá sea la fuerza de mis emociones. No puedo respirar, pero corro. Sí, sí, me moriré aquí fuera. Lo haré a mi manera. Tengo algo que decir sobre cómo voy a volver a la tierra. El viento se desliza entre las gruesas ramas que se mecen como una mujer con un traje con muchas capas, con la luz de la luna reluciendo en sus solapas de lentejuelas. Baila dulce pero resuelta con cada soplo de brisa que pasa. Cuando me siento enlentecer, me tumbo en un lecho blando de hojas empapadas y observo el baile. Los pinos se mecen. Mi alma se eleva.

Qué tranquila me siento aquí, atravesando el espacio mental. Ahora formo parte de la oscuridad. Encajo perfectamente.

Este libro se terminó
de imprimir en
Móstoles, Madrid,
en el mes de
abril de 2021

«Para viajar lejos no hay mejor nave que un libro.»
EMILY DICKINSON

Gracias por tu lectura de este libro.

En **penguinlibros.club** encontrarás las mejores
recomendaciones de lectura.

Únete a nuestra comunidad y viaja con nosotros.

penguinlibros.club